影目付仕置帳

恋慕《いろ》に狂いしか

鳥羽　亮

幻冬舎文庫

影目付仕置帳　恋慕《いろ》に狂いしか

目次

第一章　おゆら　9
第二章　浜乃屋　57
第三章　野望　109
第四章　首魁　159
第五章　伏魔殿　207
第六章　恋慕　257

朝霧が川面をつつんでいた。

いつもは岸辺から見える桟橋も、その先に舫《もや》ってある猪牙舟《ちょきぶね》も濃い霧のなかに霞《かす》んでいた。土手の石垣を打つ川波の音が、霧のなかから聞こえてくる。

柳橋ちかくの大川端だった。空はだいぶ明るくなっていたが、柳橋の橋脚も川岸につづく家並も乳白色の霧につつまれている。

明け六ツ（午前六時）ごろであった。船頭の房蔵《ふさぞう》は生欠伸《なまあくび》を噛《か》み殺しながら、桟橋につづく石段を下りていった。昨夜《ゆうべ》飲み過ぎたせいか、まだいくぶん酔いが残っているようである。

房蔵は『船宿　磯政《いそまさ》』の船頭で、朝餉《あさげ》前に舫ってある五艘《そう》の猪牙舟を見まわり、すぐに漕《こ》ぎ出せるように竿《さお》や艪《ろ》などを点検するのが朝一番の仕事だった。

房蔵は霧のなかで揺れている舟や舫い綱などに目をやりながら桟橋を歩いた。

……おや、何だい。

房蔵は、足をとめた。

川面に何か赤いものがただよっていた。桟橋の先端にある舫い杭《ぐい》にひっかかっているようだ。

房蔵は近付いて、霧に霞んだ川面に目を凝らした。

……お、死骸《おろく》だ！

房蔵の全身に鳥肌がたった。

女だった。水中で仰向《あおむ》けになった女が舫い杭にひっかかっていた。波間に白い肌と赤い襦《じゅ》袢《ばん》が揺れていた。ざんばら髪が、黒い藻のように首筋にからまっている。

女はすこし口をあけていた。

タフ、タフと音をたて、桟橋ちかくの水面が揺れるたびに、房蔵を見上げた女の顔が笑っているように見えた。

房蔵は蒼《あお》ざめた顔で後じさりし、女の姿が霧につつまれて見えなくなると反転し、石段の方へ駆けもどった。

第一章　おゆら

1

風が冷たかった。

文化五年（一八〇八）二月（旧暦）上旬。梅見の季節で、陽射《ひざ》しはだいぶ強くなっていたが、風のなかには冬にもどったような冷気があった。

岩井勘四郎《いわいかんしろう》は庭に立ち、刺子《さしこ》の筒袖《つつそで》に袴《はかま》姿で木刀を振っていた。まだ、振り始めて小半刻《こはんとき》（三十分）ほどしか経《た》っていないが、顔が赤らみ体も汗ばんでいる。その火照《ほて》った体には、寒風がかえって心地好《よ》かった。

岩井は暇を持てあましていた。七百石の旗本だが、役職はなく小普請《こぶしん》である。

……これでは、体がなまるどころか腑《ふ》抜けになってしまうわ。

岩井は怠惰な暮らしを自戒し、久し振りに木刀を持ち出したのである。

岩井は三十九歳になる。このところ、あまり体を動かしていないので、しだいに息が上がってきた。岩井は面長《おもなが》で、鼻が高かった。その鼻先までが赤く染まり、頰や額に汗がつたいだした。

「父上、わたしもいっしょに」

後ろで、佳之助《けいのすけ》の声がした。

素振りをやめて振り返ると、佳之助が木刀を手に近寄ってくる。袴の股《もも》だちを取り、白鉢巻きという勇ましい格好だった。

佳之助は九歳になる岩井家の嫡男である。まだ元服前で、前髪姿だった。

そろそろ、よいか、と思い、一年ほど前、岩井が佳之助に剣術の手解《てほど》きをしたのである。岩井は中西派一刀流の手練《てだれ》だった。佳之助と同じ八歳のころから、屋敷からそれほど遠くない本郷にある中西派の道場にかよい、父の跡を継いで出仕するまで稽古に明け暮れていたのだ。

「よし、振ってみろ」

そういって、岩井が振りだすと、

「父上には、負けませぬ」

佳之助は岩井と並び、エイ、エイ、と甲高《かんだか》い気合を発しながら素振りを始めた。

……様になってきたわい。

岩井は、佳之助にむけた目を細めた。

手解きを始めた当初、佳之助はひどく痩《や》せていて手足は棒のように細く、素振りどころか、木刀に遊ばれているようだった。

それでも、嫌がらずに稽古をつづけたお蔭で、ちかごろは膂力《りょりょく》もつき、素振りも格好がついてきたのだ。

用人の青木《あおき》孫八郎《まごはちろう》などは、佳之助さまの剣術は血筋でございますな、いまに殿を超えるような達人になりますぞ、などと歯の浮いたような世辞を口にする。岩井はそれほどとは思わないが、このままつづければ、そこそこの遣い手にはなるだろうという気はした。

それから、半刻（一時間）の余、

「佳之助、これまでだ……」

そういって、先に木刀を下ろしたのは岩井だった。息が上がり、体の節々に痛みがあった。もっとも、岩井は佳之助と始める前から振っていたので、すでに一刻（二時間）ちかくつづけたことになる。

「は、はい」

佳之助も、木刀を下ろした。色白の肌が朱を掃き、白い歯がこぼれている。父親に勝った、とでも思ったのか、佳之助は満面に誇らしげな笑みを浮かべていた。

そのとき、庭に面した縁側で足音がし、殿さま、お茶になさいませ、という登勢《とせ》の声がした。登勢は、二十九歳になる岩井の妻である。

見ると、縁側に座った登勢の脇に七つになる娘のたまえもいた。春の陽射しのなかで、母《おや》娘《こ》は肩先をくっつけるようにして男ふたりに目をむけていた。

「うまい……」

渇した喉《のど》に、温かい茶がしみた。佳之助もうまそうに喉を鳴らしている。

「殿さま、佳之助の稽古ぶりはどうです」

登勢が佳之助に目をむけながら訊《き》いた。

「なかなか、しっかりしてきた。そろそろ、沼田《ぬまた》先生のところへ通わせてもよいかもしれぬな」

沼田道場は本郷にあった。道場主は沼田主膳《しゅぜん》、老齢だがかくしゃくとして多くの門人を集めていた。岩井は子供のころから沼田道場に通い、中西派一刀流を身につけたのである。

「父上、道場へ通いとうございます」

佳之助が目をかがやかせていった。

すると、母親のそばにいたたまえが、佳之助の置いた木刀に手を伸ばし、あたしも剣術の稽古がしたい、といいだした。

「だめだ、女が剣術など学んだら笑われるぞ」

佳之助が叱りつけるようにいって木刀を引き寄せると、たまえは泣きだしそうな顔をして母親を見上げた。

「たまえには、剣術より別の習いごとがいいでしょう。母が、何か手解きをいたしましょう」

登勢はやさしい声音でいった。

登勢には書と琴の心得があった。たまえにも、師匠に入門させる前に基本だけでも教えておきたいと思ったようである。

たまえは母の言葉に満足したらしく、涙をぬぐいながら母親の脇へ座り直した。

そのとき、用人の青木が顔を見せた。青木は五十半ば、丸顔で目が細く野辺の地蔵のような顔をしている。

「殿さま、西田《にしだ》さまがお見えにございます」

青木は口元に笑みを浮かべていった。

西田邦次郎《くにじろう》。京橋に住む小普請の旗本で、岩井の碁《ご》仲間ということになっていたが、その実、老中松平伊豆守信明《まつだいらいずのかみのぶあきら》の用人だった。

「すぐ、行く」

岩井は登勢に手伝わせて小袖《こそで》に着替えてから、客間の書院へ足をむけた。

「これは、岩井さま、お久しゅうございます」

西田は慇懃《いんぎん》に挨拶《あいさつ》した。

四十がらみ、大柄で赤ら顔の男である。

「そこもととは、だいぶ打ってないな」

「はい、ぜひとも一局と存じまして」

「いいな」

岩井は巧みに話を合わせた。

西田が松平信明の用件を伝えるために来ていることは分かっていた。だが、それらしいことはおくびにも出さない。自邸とはいえ、だれの耳にも入れたくなかった。西田は信明の密令を伝えに来ているのである。

「どうです、明日、七ツ半（午後五時）ごろ、拙宅での対局は。隣家の平松《ひらまつ》さまもお見えになる予定です」

明日、その刻限までに呉服橋御門を渡った先にある松平家上屋敷まで来いということである。なお、平松は松平を逆様にした名で、秘命のため松平の名を出せないときはその名を使っていたのだ。信明は下城後に岩井と会うつもりなのだろう。

「承知した」

即座に、岩井は答えた。

2

翌日、岩井が松平家上屋敷に出向くと、表門の脇で待っていた西田がすぐに奥の書院へ案内した。

「殿は、下城されたばかりでござる。しばし、お待ちくだされ」

そういい置いて、西田は書院から引き下がった。

いっときすると、廊下を歩くせわしそうな足音がし、信明が姿を見せた。下城後に着替えたのであろう、小紋の小袖に白足袋《しろたび》というくつろいだ格好だった。

信明は寛政の改革に取り組んだ松平定信《まつだいらさだのぶ》に代わって老中首座につき、その後の幕政の舵《かじ》を握っている男である。岩井とそれほど歳は離れていなかったが、幕府の重鎮らしい貫禄と威厳があった。

信明は対座すると、

「楽にな」

といって、岩井におだやかな微笑をむけた。

岩井は低頭し、かしこまって挨拶したが、

「挨拶はよい、そちに頼みがあってな」

信明はそういって、すぐに用件に入った。

「影目付《かげめつけ》として探って欲しいことが出来《しゅったい》したのだ」

岩井が声を落としていった。

「心得てございます」

西田が自邸に姿を見せたときから、岩井は影目付としての任務であろうと承知していた。

岩井は落ち度があって小普請になる前は、幕府の御目付の要職にあり家禄も千石だった。

なお、御目付は、主に旗本を監察糾弾する役で、配下には御家人を監察する徒目付《かちめつけ》、小人目付《こびとめつけ》なども おり、幕臣の全体の勤怠を監察する職である。

その岩井が、勘定吟味役の三島九兵衛《みしまきゅうべえ》という旗本の不正を察知し探索を始めると、三島は多額の賄賂《まいない》を持参して岩井を籠絡《ろうらく》しようとした。

岩井がこれを拒否すると、逆上した三島が斬《き》りつけてきた。やむなく抜き合わせた岩井は、はずみで三島の首を刎《は》ねてしまう。

当初、幕閣は岩井の糾弾を恐れた三島が逆上して斬りつけたと判断し、岩井に対する処罰の沙汰《さた》はなかった。

ところが、三島の妹のお妙《たえ》が将軍家斉《いえなり》の寵愛を受けていた御中臈《おちゅうろう》に仕える御小姓《おこしょう》であったことから、大奥から幕閣への特別な働きかけがあり、一転して岩井に切腹の沙汰があったのである。

このとき、信明はひそかに岩井を自邸に呼び出し、

「わしは、そちに腹を切らせる気はない」

といい、ただ、一度死んで陰で生きてもらう、といい添えた。

信明によると、表舞台から身を引き、影目付として町方や火付盗賊改《ひつけとうぞくあらため》が手を出せぬような犯罪を闇で始末して欲しいというのだ。

「今後、わしを支える影目付として重大な犯罪や幕臣の腐敗を陰で糾弾し、江戸の安寧を守ってもらいたいのじゃ」

信明の声には、有無をいわせぬ強いひびきがあった。

「ハッ」

岩井は承知せざるを得なかった。

その後、岩井の切腹の沙汰は取り下げられ、役儀召放《めしはなち》（御目付を罷免）の上、三百石減じて七百石とするということになった。

爾来《じらい》、岩井は表向き、七百石の小普請として退屈な日々を過ごしているように装い、影目

付として暗躍していたのである。

「大奥御中臈、滝園《たきぞの》どのを知っておるか」

信明が声をあらためて訊いた。

「お名前だけは」

岩井は名は知っていたが、遠方から顔を見たことがある程度だった。

「滝園どのに仕えている御次《おつぎ》におゆらともうす者がいたが、行方が知れなくなってすでに三月《みつき》ほど経つ」

岩井によると、おゆらは日本橋にある崎田屋《さきたや》という呉服屋の娘で、墓参と称して宿下がりし、そのままもどって来ないという。

なお、御次は、大奥で台所、膳部、道具類などを司る役で、御目見《おめみえ》以下の身分である。

「町方の調べによると、おゆらは宿下がりした三日ほど後、浅草寺《せんそうじ》にお参りに行ったまま行方が分からなくなったというのだが、どうも気になってな」

信明の顔に、不審そうな翳《かげ》が浮いた。

「と、仰せられますと」

「滝園どのには、何かと噂があってな。三月ほど前だが、些細《ささい》なことで取り乱し、別の御次をひどく折檻《せっかん》したそうじゃ。そのときは見かねた他の奥女中たちが引きとめてことなきを得たのだが」

「………」

岩井は黙っていた。滝園のことはほとんど知らないのである。

「それに、ひとりではないのだ。半年ほど前な、御広敷伊賀者《おひろしきいがもの》、山田《やまだ》伸八郎《しんぱちろう》なる者が行方知れずとなり、しばらくして大川に死骸《むくろ》となって揚がったのだ」

山田は御中臈、滝園が増上寺に参詣したおり、警護のため従っていたが、途中姿が見えなくなったという。御広敷伊賀者は、大奥の警護や風紀の取締り、それに御年寄などが参詣などに出かけたおりは供につく役柄である。

「つまりな、滝園どのの身辺にいた者がここ半年ほどの間にふたり姿を消し、ひとりは死骸で発見されたというわけだ」

「………」

「偶然とは思えぬのだ。それに、ちかごろ滝園どのは上さまの御寵愛を笠に着て、わがまま放題じゃ。このまま放置しておくと、幕府の屋台骨を揺るがすような事件が出来せぬとはかぎらぬゆえ、そちに探索を頼みたい」

信明の顔に苦悩するような翳が浮いた。

「心得ました」

岩井は低頭していった。

「これを」

信明はそういって、ふところから取り出した袱紗《ふくさ》包みを岩井の膝先《ひざさき》に置いた。その膨らみからして、切餅《きりもち》が八つ、二百両はありそうだった。当座の軍資金ということである。

3

廊下を歩くかすかな足音がした。

……来たようだな。

岩井は、書見台の上にひろげていた書物をとじた。

すぐに背後の襖《ふすま》の向こうで足音がとまり、人の気配がした。

「弥之助《やのすけ》か」

「ハッ」

「入るがよい」

背後で襖のあく音がし、燭台の炎が揺れた。大気が動いたのである。ほとんど物音はしなかったが、弥之助が座敷に入ってきたらしい。

弥之助は元黒鍬衆《くろくわしゅう》で、いまは岩井の配下の影目付のひとりだった。名は山岸《やまぎし》弥之助。仲間うちでは、黒鍬の弥之助と呼ばれている。

弥之助は忍者のように敏捷《びんしょう》で、尾行や屋敷内への探索が巧みだった。それに手裏剣のように鉄礫《つぶて》を遣う。弥之助の鉄礫は、直径一寸五分（約四・五センチ）ほどの六角平形をしており、当たれば人の肌を裂き、骨を砕く。

弥之助は旗本屋敷に仕える中間《ちゅうげん》をあやまって斬ったことが露見して、御役御免となった。岩井は御目付だったころ探索のために弥之助を使ったことがあり、その能力を影目付として生かしたいと考え、すぐに仲間にくわえたのである。

「仲間の者たちを、明日の夜、茂蔵《しげぞう》の許《もと》に集めてくれ」

岩井は小声でいった。

茂蔵という男も、影目付のひとりだった。弥之助は岩井と他の影目付のつなぎ役でもあった。

「承知」

岩井の背後で大気が動き、わずかに衣擦《きぬず》れの音がした。

振り返って見ると、そこに弥之助の姿はなく、襖もしまっていた。廊下を足早に去るかすかな足音がしたが、それもすぐに消えた。

……まさに、影のような男よのう。

岩井はそうつぶやいて、また書見台の書物をひらいた。

京橋、水谷町に亀田屋《かめだや》という献残屋《けんざんや》があった。献残屋というのは、不要になった進物や献上品を買い集め、必要な人に売る商売だった。いわば、贈答品や献上品の再利用である。亀田屋では、献残屋と、奉公人を斡旋《あっせん》する口入《くちい》れ屋も兼ねていた。

その亀田屋の主人が茂蔵だった。

店舗の裏手に離れがあり、そこに五人の人影があった。岩井、弥之助、茂蔵、宇田川左近《うだがわさこん》、お蘭《らん》である。宇田川左近は牢人、お蘭は柳橋の売れっ子芸者だが、その実、ふたりとも影目付である。

亀田屋は周囲を板塀で囲まれていたが、細い路地をたどると奉公人に見咎《みとが》められることなく出入りでき、ひそかに密会の場所として影目付たちに使われていた。

「お頭、お指図は」

茂蔵が岩井に訊いた。

茂蔵は四十がらみ、影目付のなかでは岩井に次ぐ立場で、まとめ役でもあった。六尺ちかい偉丈夫で腕や首が異様に太く、柔術と捕手を主に編まれた制剛《せいごう》流の達人だった。丸顔で大きな福耳をしており、恵比寿《えびす》のような福相の主である。

その福相が、行灯《あんどん》の灯《ひ》に浮かび上がっていた。細い目が熾火《おきび》のようにひかり、福相がかえって不気味に見えた。

「三月ほど前、崎田屋のおゆらという娘の行方が知れなくなったことを知っているか」

「崎田屋ともうしますと、日本橋にある呉服屋で」

茂蔵はその風貌《ふうぼう》に反して、献残屋の主人らしいやわらかな物言いをした。

「そうだ」

岩井は、信明から聞いたことをかいつまんで話した。

「耳にしております」

茂蔵は他の三人の仲間に目をやりながらいった。お蘭と弥之助はうなずいたが、左近は首をひねった。どうやら、左近は知らないようである。

「伊豆守さまのご指示は、おゆらの行方を探せとのこと」

「…………」

茂蔵が拍子抜けしたような顔をした。他の三人の顔にも気落ちしたような色があった。当然かもしれない。行方知れずの娘を探しだすなど、町方でも本腰を入れはしないだろう。四人とも、影目付の任務ではないと感じたにちがいない。

「もう一件ある。御広敷伊賀者、山田伸八郎なる者が行方知れずとなり、この者は後日、大川に死体で揚がった。おゆらと山田は同じ筋とも考えられる」

岩井はふたりとも御中臈、滝園にかかわりがあったことをいい添えた。

「伊賀者は、殺されたのでしょうか」

顔をひきしめて、茂蔵が訊いた。

「分からぬ。それも、探って欲しいのだ」

「承知しました。そう手間はかからないでしょう」

茂蔵がそういうと、弥之助がうなずいた。お蘭と左近は、ほとんど表情を動かさなかった。

「侮ってかかるな。この一件、奥が深いかもしれぬ」

岩井は重いひびきのある声でいった。そして、ふところから袱紗包みを取り出し、四人の膝先に切餅をひとつずつ並べた。二十五両ずつである。後の百両は、必要に応じて分配するつもりでいた。

四人はそれぞれ切餅に手を伸ばし、ふところにしまった。そして、岩井に一礼して弥之助と左近が離れを出ていき、つづいてお蘭が立ち上がったとき、

「お蘭、途中まで送ってやろう」

といって、岩井も腰を上げた。

お蘭だけは、他の影目付と、出自も仲間にくわわった経緯《いきさつ》もちがっていた。お蘭は特殊な武芸を身につけているわけではないし、探索や尾行が達者というわけでもなかった。

お蘭は柳橋の芸者で、同じ柳橋にある菊屋《きくや》という老舗《しにせ》の料理屋にいることが多く、馴染《なじ》みにしていた。

お蘭は、牧野《まきの》慎左衛門《しんざえもん》という手跡指南の手伝いなどをして細々と暮らしていた牢人の娘に生まれた。

お蘭が十六のとき、父親が病にかかり、薬代を得るために菊屋で芸者として働くようになった。当時、客として菊屋を利用していた岩井はお蘭の境遇に同情し、何かと相談に乗ってやり金銭的な面倒もみてやったが、お蘭が芸者になった翌年に父親は他界し、後を追うように母親も亡くなってしまった。

その後も、お蘭は芸者をつづけたが、岩井に対しては客というより肉親のような情愛を示すようになった。相次いで父母を亡くし、天涯孤独の身になったお蘭には、岩井が父親のように見えたのであろう。

そして、岩井が影目付の頭であることを知ると、

「わたしも、旦那のために何かしたい」

といいだし、仲間にくわわったのである。

もっとも、お蘭の場合は、他の仲間のように探索や討伐にくわわるわけではなかった。柳橋、浅草、本所などの花街で、探索する者の足取りを聞き取ったり噂を集めたりするだけである。それでも、情報の収集力は他の仲間に引けを取らなかった。それというのも、事件の陰で多額の金が動くことがあり、金を手にした者は花街で遊興に耽《ふけ》ることが多かったからである。

「お蘭、おゆらのことで何か聞いておらぬか」

岩井は夜の町筋を歩きながら訊いた。

岩井がお蘭と連れ立って出たのは、おゆらのことを訊いてみたいという気もあったからである。

京橋から日本橋につづく大通りは、土蔵造りの大店《おおだな》が軒を連ねていたが、どの店も大戸をしめ、ひっそりしていた。それでも、ぽつぽつと人影はあった。奉公人に提灯《ちょうちん》を持たせた大店の番頭らしい男や酔客らしい男などが、足早に通り過ぎていく。

五ツ半（午後九時）ごろであろうか。頭上で弦月が皓々《こうこう》とかがやき、ふたりの短い影が地面に落ちていた。

連れ立って歩くふたりの姿は、花街の粋《いき》な年増とその旦那とでも見えたかもしれない。

「崎田屋さんの娘さんの行方が知れなくなったことは噂に聞きましたが、その他のことは……」

お蘭はつぶやくような声でいった。

「おゆらは、生きていないような気もするのだがな」

岩井がそういうと、

「そういえば、一昨日《おととい》、大騒ぎがありましたよ。磯政さんの桟橋に、娘さんの死体がひっかかっていたとか」

お蘭が足をとめていった。磯政は菊屋のちかくにある船宿である。

「おゆらか」

岩井の声がすこし大きくなった。

「それが、死んだのはお島さんとか……。本所の米屋の娘さんだそうですよ」

「別の娘か」

「でも、その娘さんも、半年ほど前に行方不明になったままだったとか」

岩井はおゆらと状況が似ていると思い、

「その娘、身投げか」

と、訊いた。

「さァ、そこまでは……。町方が調べてましたから、親分さんにでも訊いてみましょうか」

お蘭はそういって、岩井の方に顔をむけた。

月光に、お蘭のうりざね顔が浮かび上がった。透けるような白い肌、形のいいちいさな唇。細い切れ長の目で岩井を見つめた顔は、なんとも色っぽい。

「いや、いい。わしが、当たってみよう」

岩井はお蘭の視線を避けるように前方に目をやり、ゆっくりと歩きだした。

4

翌夕、岩井は八丁堀に出かけた。北町奉行所吟味方与力、内藤槙之介《ないとうしんのすけ》に会って、おゆらとお島のことを訊いてみようと思ったのである。

岩井と内藤は本郷にある沼田道場の同門だった。内藤も少年のころから沼田道場に通い、二十代半ばまで、ともに稽古に励んだ仲である。

その後、岩井が家督を継ぎ御目付になってからも、ふたりの関係はつづいた。旗本や御家人のかかわった事件で、内藤と会うことがあったからである。

ただ、岩井が御目付の役を罷免されてからは、あまり会う機会もなくなり疎遠になっていた。

岩井は羽織袴姿だった。御家人か江戸勤番の藩士といった格好である。岩井は、与力の組屋敷のつづく通りで、内藤が奉行所から帰宅するのを待っていた。

陽は西にまわり、組屋敷の長い影が通りをおおっていた。七ツ（午後四時）過ぎであろうか。

通常、与力が奉行所を出るのは七ツだった。

そろそろ姿をあらわしてもいいころである。

岩井が路傍に立っていっときしたとき、通りの先に草履《ぞうり》取や槍《やり》持ちなどを従えた一行が見えた。

一行のなかに、大柄でどっしりとした肩衣《かたぎぬ》姿の武士の姿が見えた。内藤である。

一行は、すぐに近付いてきた。内藤が岩井の姿に気付いたらしく、急に足を速めた。

「岩井、どうした？」

内藤は訝《いぶか》しそうな目で岩井を見た。

小普請とはいえ、七百石の旗本がひとりの供も連れずに、貧乏御家人のような格好をして立っていたからである。

「おぬしに話があってな」

岩井は内藤に従っている若党や草履取などに目をやっていった。かれらに聞かれたくない話だった。

すぐに察したらしく、内藤は、家へ寄るか、と訊いた。

「いや、歩きながら話そう」

岩井は内藤家に立ち寄るつもりはなかった。貧乏御家人のような格好で上がり込んだら、妻女も不審に思うだろう。

「しばらく、待ってくれ。着替えてこよう」

そういうと、内藤は従者を連れて慌てて屋敷へむかった。内藤にしても、出勤時の肩衣姿で岩井と歩くわけにはいかなかったのであろう。

しばらく待つと、内藤は岩井と同じような地味な羽織袴姿でもどってきた。

「話というのは何だ」

内藤は亀島川の河岸を歩きながら訊いた。

亀島川は、八丁堀と霊岸島の間を流れている川である。

「お島という娘の死体が、大川で揚がったそうだが、おぬし知っているだろう」

岩井は、まずお島の件から訊こうと思った。町方が調べていた、とお蘭から聞いていたからである。

「知っているが、おぬしとどういうかかわりなのだ」

岩井にむけた内藤の目が急にけわしくなった。

内藤は岩井が幕閣の意向で隠密のような任についていることに薄々感付いているようだったが、信明の命で影目付として動いていることまでは知らなかった。

「なに、御目付のころのかかわりでな。ちと、確かめたいことがあるのだ」

岩井は言葉を濁した。

「おぬしが、何を調べたいのかは知らんが、これは町方の仕事だ」

内藤が語気を強めていった。

「まァ、そう杓子《しゃくし》定規になるな。町方の仕事に手をつっ込む気はないし、何か町方にかかわるようなことが知れたら、まず、おぬしに知らせよう」

岩井がおだやかな声音でいうと、内藤は苦笑いを浮かべ、

「あの娘のことは、まだ、何も分かっておらぬのだ」

といって、川岸に足をとめた。

夕日が亀島川の川面を茜《あかね》色に染めていた。米俵や海産物を入れた叺《かます》などを積んだ猪牙舟や艀《はしけ》などが盛んに行き交っていた。亀島川は魚河岸や米河岸などのある日本橋川につづいている。そのため、米や海産物などを積んだ舟が多いのである。

「入水《じゅすい》か」

岩井が訊いた。

「それも分からぬ。ただ、多量に水を飲んで死んでおり、外から手をくわえられたような痕《あ》跡《と》はなかったそうだ」

与力の内藤が、実際に調べたわけではない。内藤が口にしているのは、定廻《じょうまわ》り同心か臨時廻り同心が探ったことであろう。

「それならば、入水ではないか」

「いや、それが……」

内藤によると、入水ともいいきれないのだという。

通常、入水や相対死《あいたいじに》の場合、身を投じた場所に履き物をそろえて置いてあるものだが、それが見つからないという。

「それにな、死骸《ほとけ》は肌襦袢の上に薄物を羽織っていただけのようなのだ。そのような格好で町中を歩けば、だれもが不審に思うだろう。ところが、水死する前のお島の姿を見た者がいないのだ。まァ、水に流されているときに脱げたと考えられなくもないが……」

内藤は語尾を濁した。内藤自身、腑に落ちないのだろう。

「本所の米屋の娘だそうだが、両親《ふたおや》は何といっているのだ」

お島は半年ほど前から行方が知れなくなったらしいが、悪い男に騙《だま》されたのかもしれないし、好きな男と手に手を取り合って逃げたのかもしれない。いずれにしろ、両親が気付いているはずである。

「それが、両親はおろおろするばかりで、はっきりしたことは口にしないというのだ。それに、店が左前でな。奉公人は逃げ出すし、親たち自身も首でもくくりそうな状態らしいのだ」

「うむ……」

「まァ、そんな親たちを悲観して、娘が入水したとも考えられるがな」

内藤によれば、いまのところ娘に男のいた様子はないという。

「ところで、おゆらという娘を知っているか」

岩井は話題を変えた。

「おゆら……」

内藤は首をひねった。

おゆらの名を聞いても、すぐに思い浮かぶことはないようだ。

「日本橋の崎田屋の娘だ」

「ああ、聞いたことがある。大奥から宿下がりして、行方が分からなくなったそうだな」

内藤は他人事《ひとごと》のような口調でいった。

「詮議《せんぎ》しておらぬのか」

「同心の手先が探っているのかもしれぬが、おれのところに報《し》らせはない。おゆらのことで、何かあるのか？」

内藤の方で訊いた。

「いや、大奥から宿下がりして、すぐ行方知れずというのが、いささか気になってな」

岩井は、信明や伊賀者の山田の件は口にしなかった。岩井たちの探索目的を内藤に知らせることもないのである。

「おおかた、男だろうよ。よくあることだ」

内藤は間延びした声でいって、ゆっくりと組屋敷のある方へ歩きだした。町方のかかわるような事件ではないと感じ取ったのかもしれない。

「内藤、おゆらとお島は何かつながりがあるかもしれんぞ」

岩井がつぶやくような声でいった。

「どういうことだ」

内藤が足をとめて振り返った。双眸《そうぼう》に鋭いひかりがあった。

「いや、何となくそんな気がしただけだ」

「うむ……」

内藤は眉を寄せて考え込むような顔をした。

「またな、何かつかんだら知らせよう」

そういうと、岩井はきびすを返して夕闇につつまれた河岸通りを足早に歩きだした。

5

「それでは、ちょっと出かけてきますよ」

茂蔵は帳場に座っていた番頭格の栄造《えいぞう》に声をかけて土間へ下りた。

栄造はいそいで立ち上がり、上がり框《かまち》のそばへ来て、

「旦那さま、万吉《まんきち》を連れていってくださいまし」

と、揉《も》み手をしながら声をかけた。

茂蔵は店を出るときは、万吉を連れて出ることが多かった。栄造はそばに万吉の姿がないのを見て、そういったのだ。

亀田屋の奉公人は五人だった。帳場をあずかっている栄造、進物や献上品の売買にあたる利《り》吉《きち》と音松《おとまつ》、下働きの万吉、それに女中のおまさである。

「そうしますよ」

茂蔵は土間から台所の方へまわり、万吉に声をかけて通りへ出た。

すぐに、万吉が追いかけてきて茂蔵の後ろにしたがった。万吉は老齢だった。鬢《びん》や髷《まげ》に白髪が目立ち、すこし腰もまがっている。ただ、足腰はまだまだ丈夫で、歩くだけなら茂蔵にも引けをとらなかった。

万吉は茂蔵に歩調を合わせ、忠実な犬のように黙って跟《つ》いてくる。

万吉だけは、他の奉公人とちがっていた。律義な男で、茂蔵が影目付になる前から下働きをして仕え、いまは茂蔵の手先も兼ねていた。むろん、茂蔵が影目付であることも知っている。ただ、手先といっても、老齢のため仲間同士のつなぎ役と町で耳にした噂などを茂蔵に伝えるだけである。

茂蔵は献残屋を始める前、黒木《くろき》与次郎《よじろう》という名の黒鍬頭だった。黒鍬者は幕府の雑用にたずさわる御家人以下の身分で、ふだんは江戸城の門前などで警護や登城者の行列の整理などにあたっている。

ある日、黒木の配下の黒鍬者が大名行列の順序のことで、供奉《ぐぶ》の者と言い争いになった。それを止めに入った黒木が、相手の理不尽な言い分にカッとなって殴りつけてしまった。

その場はたいしたこともなく収まったが、後日、大名家から、天下の大道で黒鍬者ごときに狼藉《ろうぜき》を受け、そのまま放置したのではわが家の威信にかかわる、との訴えが幕閣にあった。

こうした場合、軽輩の立場は弱い。黒木に死罪の沙汰が下りそうだった。

当時、御目付だった岩井は黒木の死罪はまぬがれぬと知り、配下だった黒木の制剛流の腕を惜しみ、ひそかに江戸から逃がした。

そして、幕閣には逃走先で抵抗したためやむなく斬り捨てたと報告し、黒木の命を助けたのである。

その後三年ほど、黒木は東海道筋に身をひそめていた。その間に両親が亡くなり妻子もいなかったので、黒木は天涯孤独の身となった。

さらに年月を経て、黒木は茂蔵と名をあらため、町人として江戸にもどってきた。そして、岩井の援助で亀田屋を始めて現在にいたっている。

献残屋と口入れ屋を始めたのは、茂蔵の発案だった。献残屋も口入れ屋も旗本や御家人の屋敷へ出入りすることが多く、幕臣の情報を集めるにはもってこいの商売だった。茂蔵は、影目付だった岩井の助けになればと思ったのである。

「日本橋の崎田屋さんに行ってみようと思ってね」

歩きながら、茂蔵が何気なく万吉に伝えた。

「へえ……」

万吉は、喉から空気の洩《も》れるような返事をした。

それっきりで、用件を訊きもしなかったが、万吉には、茂蔵が商いのためではなく影の御用のために行くと分かったようである。

崎田屋は、日本橋室町にあった。表通りには、呉服屋、薬種問屋、太物問屋《ふともの》などの大店が土蔵造りの店舗を並べている。

江戸でも有数の賑《にぎ》やかな通りで、店者、供連れの武士、町娘、僧侶、大八車を引く人足など様々な身分の老若男女が行き交い、靄《もや》のような砂埃がたちこめていた。

崎田屋は、室町では目立つような大店ではなかった。奉公人は下働きや女中もくわえて、三十人ほどだと聞いていた。

通りに、藍地に崎田屋と白く染め抜いた大きな暖簾《のれん》が出ていた。

……何かあったのかな。

と、茂蔵は感じた。

これだけの店なら、暖簾の内側の通りに客の対応に出ている手代や丁稚《でっち》の姿があるものだが、それらしい奉公人の姿はなかった。

店のなかもひっそりとして、何となく活気がないようである。

「旦那さま、あっしは裏へまわってみます」

崎田屋の手前で、万吉がいった。

ふたりで、店内に入るわけにはいかないと思ったらしい。おそらく、裏手で下働きの者でもみつけて話を聞くつもりなのだろう。

「そうしてくれ」

茂蔵は献残屋として、万吉をつれたまま商いの話をするわけにはいかなかった。呉服屋とは縁のない商売である。

店内はひっそりとしていた。客は三人ほどいたが、呉服屋の売り場らしい落ち着きと華やいだ感じがない。何か重苦しい雰囲気につつまれている。

「ごめんなさい」

茂蔵は戸口で、声をかけてなかに入った。

すぐに、手代らしい男が近寄ってきて愛想笑いを浮かべたが、顔には暗い翳がはりついていた。

「娘の着物を誂《あつら》えようと思いましてね。いくつか、反物を見せてもらえますかな」

茂蔵は笑みを浮かべていった。

唐桟《とうざん》の羽織に角帯という大店の主人らしい身装《みなり》で来ていたので、手代らしい男は茂蔵の話を信用したようだったが、顔には腑に落ちないような表情もあった。無理もない。男親がひとりで、娘の着物の品選びに来ることはすくないはずだ。

それでも、男は手代の文吉《ぶんきち》と名乗って茂蔵を畳敷きの売り場ちかくへ連れていき、お上がりになりますか、と訊いた。

「いや、ここでいい」

そういって、茂蔵は上がり框に腰を落とすと、

「女房が急用で来られなくなりましてね。わたしの目より文吉さんの方がたしかでしょう、いくつか持ってきて見せてくださいな」

と、もっともらしくいった。

「お嬢さまは、おいくつになられます？」

文吉は納得したような顔で訊いた。

「十四です」

「そうですか。しばし、お待ちを」

そういい残して文吉は腰を上げ、反物がしまってある奥の引出しの方へ足を運んだ。

文吉が離れると、茂蔵はそれとなく店内に目をやった。ちょうど、反物を見ていた女中を連れた武家の内儀らしい女が、帰るところだった。何も買わなかったらしく、送り出す奉公人の顔に沈んだ色があった。

帳場格子のむこうに番頭らしき男がひとり、座っていた。こわばった顔で、落ち着きなく

周囲に目をやっている。店内に奉公人の姿は四人しかなかった。奉公人は三十人ほどと聞いてきたが、あまりにもすくない。

「これなど、どうでございます」

文吉は、緋色地にふくら雀と梅を染めた反物を茂蔵に手渡した。かわいい模様で、十三、四の娘に似合いそうだった。

「そうですな」

茂蔵は気乗りのしない返事で反物を手にして目を落とし、

「文吉さん、何かありましたかな」

と、小声で訊いた。

「何のことで、ございます」

文吉が怪訝《けげん》な顔で訊き返した。

「以前、この店に寄らせていただいたときは、もっと奉公人の数が多かったような気がしますが」

「な、何人か、都合で店をやめましたもので」

文吉は狼狽《ろうばい》したように声を震わせた。

「そうですか。……ところで、お嬢さんの行方は知れましたか」

茂蔵は何気ない口調で訊いた。目は反物に落としたままである。

「………!」

文吉の顔がひき攣《つ》ったようにゆがんだ。

「いえ、噂にお嬢さんの行方が知れなくなったと聞きましたもので」

「ま、まだです」

文吉は胸の動揺を懸命に抑えているようだったが、茂蔵を見つめた目に警戒の色が浮いた。ただの客ではない、と思ったようだ。

「そちらのも見せていただけますかな」

茂蔵は文吉が膝の上に置いていた菊模様の反物に手を伸ばした。

文吉は急にしゃべらなくなった。動揺しているらしく、膝の上で反物を押さえている指先が震えている。

……今日のところは、これまでか。

と、茂蔵は思った。

文吉からこれ以上話を訊きだすのは無理である。今日のところは店の様子を見に来ただけだったので、これで十分だった。

「また、女房を連れてお邪魔しましょうかね」

茂蔵は文吉の膝先に反物を置いて立ち上がった。

文吉は戸口まで送ってきたが、顔をこわばらせたままで口をひらかなかった。

通りに万吉の姿はなかった。先に帰ってもかまわなかったが、路傍でいっとき待つと万吉が崎田屋の脇の木戸から顔を出し、慌てた様子で走ってきた。

「も、もうしわけござんせん。旦那さまを待たせちまって」

万吉は困惑したように声をつまらせた。

「いいんですよ。それより、何か話が聞けましたかね」

茂蔵は歩きながらいった。

「それが、娘のことは何も聞けませんでした。女中が話してたのは、借金のことばかりで」

「借金？」

「何でも、崎田屋さんは火の車だそうで」

「ほう」

妙だな、と茂蔵は思った。ちかごろの経営状態は分からないが、崎田屋が火の車などという話は聞いたことがなかったのだ。

「なんでも、旦那の助左衛門《すけざえもん》さんが女に入れ込んで借金がかさんだそうでして」

「それでか」

店内に活気がなく暗い雰囲気につつまれていたのは、店の経営がたちゆかなくなってきたからではないか、と茂蔵は思った。

6

お島の家は、相模屋《さがみや》という米屋だった。

本所緑町の竪川沿いにあった。通りを行き来する人は多かったが、店内はひっそりしていた。商売はやっているらしかったが、客も奉公人の姿も通りからは見えなかった。

弥之助が、暗い店内に目をやりながら店の前をぶらぶらと歩いていく。

……なかに入って、話を聞くわけにもいかねえなァ。

弥之助は、水死したお島のことを探りに来たのである。

奉公人か米を運ぶ人足でもつかまえて話を聞いてみようと思ったのだが、そうした男はつかまりそうもなかった。

どうしたものか、と思って町筋に目をやると、相模屋の五軒ほど先に暖簾を出した小体《こてい》な一膳飯屋が目に入った。

まだ、昼前で店はすいているようだった。話が聞けそうである。

弥之助は暖簾を分けて、なかに入った。

土間に飯台がいくつか並んでいたが、客は人足らしい男がふたり隅の飯台にいるだけだった。

「いらっしゃい」

前垂れをかけた小女《こおんな》が板場の方から出てきた。十七、八だろうか。頰のふっくらした赤ら顔の娘だった。

「姐《ねえ》ちゃん、酒と肴《さかな》を頼まァ」

弥之助は船頭らしい乱暴な口調でいった。黒の半纏《はんてん》に股引という船頭らしい格好で来ていたのである。

「肴は、まだ魚の煮付けと漬物ぐらいしかないですけど」

「それで、いいよ」

「すぐ、持ってきます」

娘がきびすを返して板場へもどろうとするのを、

「ちょっと、待ちな」

といって、弥之助が引きとめた。

「訊きたいことがあるんだけどな」

「…………」

　娘は不安そうに眉を寄せた。

「相模屋のお島のことよ。なに、むかしな、ちょいと、ほの字だったのよ。……口もきいたことはなかったんだが。分かるだろう、むかしのことだが気になってよ」

「ええ……」

　娘は頰を真っ赤にして戸惑うような表情を浮かべたが、弥之助を見つめた目は好奇心でひかっていた。この年ごろの娘は、この手の話が好きなのである。

「お島は、半年も前に行方が分からなくなっちまったそうだな」

　弥之助は急に声を落としていった。ちかごろ、お島の死体が柳橋の磯政の桟橋で見つかったことは口にしなかった。

「そ、それが、お客さん、お島ちゃん、死んじゃったんですよ」

　娘は弥之助のそばに身を寄せ、小声でいった。

「ほんとかい」

　驚いたように、弥之助は目を剝《む》いた。

「かわいそうに、お島ちゃん、大川で揚がったんですよ」

「お島の身に何があったんだろうな」

「はっきりしないんですよ、どうして死んだのか」

娘は磯政の桟橋にひっかかっている死体が見つかったことを話した。すでに、弥之助の知っていることだけである。

「男がいたんじゃァねえのか」

「そんなことないよ。お島ちゃん、界隈《かいわい》じゃァ浮いた話ひとつなかったんだから」

娘の口調がすこし乱暴になってきた。

「分からねえなァ、おれは前から男がいるにちげえねえと睨《にら》んでたんだ」

「そんなことないってば。あたし、何度か話したことあるけど、好きな男《ひと》はいないっていってたもの」

娘は、すこしむきになっていった。

「お島がいなくなる前、話したことがあるのかい」

「ええ、半月ほど前かしら」

「そんとき、男の話はしなかったんだな」

「ええ、まったく……。借金のことを気にしていたらしく、ひどく沈んでたけど」

「借金な」

弥之助は、岩井から相模屋は借金で左前だったという話は聞いていた。

「稲衛門《いなえもん》さんが料理屋の女にみついで、借金がかさんだらしいのよ」

娘は内緒話をするように声をひそめた。

娘は弥之助から離れなかった。こうした話に夢中になる性格《たち》らしい。

稲衛門というのが、相模屋の主人だという。

「そういえば、相模屋は火が消えたみてえだったな」

弥之助の脳裏に、人気《ひとけ》のない相模屋の店内が浮かんだ。

「ちかごろは、家財道具を売って食いつないでるって話よ」

「そんなにひどいのかい」

「そう、ああなったら首をくくるしかないっていう人もいるわ」

「へえ」

弥之助が驚いたような顔を娘の方にむけたとき、

「おふさ、なに、油売ってやがる！」

と、板場から怒声が聞こえた。店の親爺《おやじ》のようだ。

娘の名はおふさというらしい。

おふさは、弥之助に首をすくめてみせ、下駄を鳴らして板場の方へもどっていった。

それから、弥之助は半刻（一時間）ほど腰を落ち着けて酒を飲んだ。ときどき、そばを通りかかるおふさに声をかけて、それとなくお島のことを訊いてみたが、それ以上のことは分からなかった。

　その日の午後、弥之助は相模屋の近所をまわってあれこれ話を聞いてみたが、新しい情報は得られなかった。

　ただ、竪川にかかる三ツ目橋ちかくにある下駄屋の主人が、

「行方が知れなくなる前の晩、お島さんがふたりの男に挟まれるようにして歩いていくのを見ましたよ」

　と、口にした。主人によると、翌日の午後になって、お島さんがいなくなったという話を耳にしたという。

「男はだれだい」

　弥之助が訊いた。

「分かりません。夜だったので、町人としか……」

　提灯の灯に、その姿がぼんやり浮かび上がっていたが、離れていたこともあり、店の奉公人かどうかも判別できなかったという。

「どこで見た？」

「竪川沿いの通りです。三人は、両国の方へむかって歩いてました」

「お島は縛られちゃァいなかったかい」

あるいは、強引に連れ去られたのかもしれない。

「それが、お島さん、しおれているようには見えたが、嫌がっている様子はなかったですよ」

「そうかい」

はっきりしないが、お島はそのふたりの男に連れ去られた可能性が高かった。

……相模屋の両親に訊けば、男の正体が知れるかもしれねえ。

と、弥之助は思った。

7

翌日、弥之助はあらためて本所緑町へ足をむけ、相模屋を覗《のぞ》いてみた。

どういうわけか、昨日は人気がなくひっそりとしていた店の戸口に人垣ができていた。近所の住人らしい。女子供の姿もあった。店のなかを覗き込んで、ささやき合っている。

「何が、あったんで？」

弥之助は近寄って、初老の職人らしい男に声をかけた。

「首をくったらしい、夫婦で……」

男が声をひそめていった。

「相模屋さんがかい」

弥之助は驚いた。それらしい話を聞いてはいたが、こんなに早いとは思わなかったのだ。

「そうよ。……奥の座敷の鴨居《かもい》に帯をかけて。今朝、通いの奉公人が来て見つけたそうだぜ」

男は、かわいそうに、とつぶやいて、店のなかにむかって掌《て》を合わせた。

それから、弥之助は何人かに声をかけて訊いてみた。耳にした話をまとめると、家族は主人の稲衛門と女房のおたつ、それに八つになる長男の三人だった。長男は生まれたときからの聾者で、あまり外に出なかったようだ。夫婦は眠っている長男の首を絞めて殺した後、奥座敷で首をくったらしい。

「奉公人は」

弥之助が、裏店の女房らしい女に訊いた。

「和助《わすけ》という下働きの年寄りがいるだけだよ」

女によると、今朝、縊死《いし》している相模屋夫婦を発見したのは、和助だという。半年ほど前までは奉公人が三人いたが、ここにきてみんなやめてしまったらしい。

「岡っ引きが来て、和助さんから話を聞いてるらしいけど、埒《らち》が明かないらしいよ。和助さん、すこし頭が弱いからね」

女の口元に嗤《わら》いが浮いたが、すぐにけわしい顔にもどった。数日前のお島の水死にくわえて、家族を襲った不幸を思いやったのであろう。


その夜、弥之助は茂蔵に会った後、岩井邸に侵入した。つなぎ役の弥之助だけは、夜分、屋敷内に侵入することを許されていたのである。

母屋の居間から灯が洩れていた。岩井は起きているようである。

庭に面した引き戸が一枚あくようになっていて、弥之助はそこから屋敷内に身をすべり込ませた。

弥之助は巧みに足音を消して、居間まで廊下をつたっていく。

そして、灯の洩れている座敷の襖の陰に膝を折ると、弥之助か、と問う岩井の声が聞こえた。

「ハッ」

「入るがよい」

いつもの、抑揚のない岩井の声である。

襖をあけ、弥之助は座敷に身をすべり込ませた。

莨《たばこ》の臭いがした。燭台の明りのなかに白煙がただよっている。

岩井は体をこっちにむけていた。莨盆を膝先に置き、煙管《きせる》を手にしている。くつろいで、一服していたところらしい。

「何か知れたか」

岩井が莨盆の角で雁首《がんくび》をたたきながら訊いた。

「今朝方、お島の家族が心中いたしました」

弥之助はこれまで調べたことをかいつまんで話した。

「哀れな。相模屋はそこまで追いつめられていたのか。……それにしても、一家の者がみな死んでしまっては事情を訊くこともできぬな」

「残されたのは、和助という下働きの者だけですが、愚鈍な男でして、役にはたたないようです」

「崎田屋の方は」

岩井が、煙管に莨を詰めながら訊いた。

「相模屋とそっくりです」

弥之助は、茂蔵から伝えられたことを話した。

「うむ……。両家とも借金で首がまわらなくなった上に、娘の行方が知れなくなったわけだな」

「はい」

「……身売りではあるまいか」

岩井はそういうと、莨盆の火入れに煙管をつっ込んで吸いつけた。

岩井の口から吐き出された白煙が、渦を巻きながら立ちのぼっていく。

「おゆらとお島は、どこへ連れていかれたのか。……崎田屋と相模屋に金を貸した者が分かると何か見えてくるかもしれんな」

「いかさま」

両家に金を貸した者をつきとめろ、ということである。

「それに、おゆらとお島の連れていかれた先だ。それも、探ってみろ」

「承知しました」

「それにしても、ふたりの娘の失踪と伊賀者の死が、大奥の滝園さまとどうつながるのであろうな」

岩井は、煙管から立ちのぼる煙を見つめながらつぶやくような声でいった。

いっとき、岩井は沈思したまま凝《じっ》としていたが、

「崎田屋を、すぐに当たってくれ。手遅れにならぬうちにな」

そういって、ちいさくうなずいた。

行け、という合図である。

弥之助は低頭し、すぐに座敷を出ていった。

岩井は身動《みじろ》ぎもせず、弥之助のいなくなった虚空を見つめていたが、まだ、何か起こりそうだ、とつぶやいて、煙管の火を灰吹きに落とした。

第二章　浜乃屋

1

「また、大川で土左衛門が揚がったらしいよ」

お梅《うめ》が、盥《たらい》の前にかがみ込んで洗濯をしているおふねにいった。

宇田川左近の住む甚兵衛《じんべえ》店の井戸端である。左近は顔を洗いに、井戸端へ来たところだった。

「それもさ、若い娘だそうだよ」

お梅が、左近にも聞こえるような声でいった。

お梅は長屋に住む貞吉《さだきち》というぼてふりの女房である。水汲《く》みに来たらしく、小桶《こおけ》を手にしていた。

おふねは、指物師《さしもの》の女房だった。洗濯の手をとめてお梅の方に顔を上げ、目をひからせている。長屋の女房たちは、井戸端でこうした噂のやり取りをすることが多いのだ。

「お梅、娘の名は分かるか」

左近が訊いた。おゆらのことが、脳裡《のうり》に浮かんだのである。

「名前まではねえ。亭主も、聞いてないみたいだよ」

お梅は首をひねった。

どうやら、魚を売り歩いている貞吉から聞き込んだらしい。

「いつのことだ」

「今朝、亭主が河岸《かし》で耳にしたらしいよ」

貞吉は朝暗いうちに起きて、魚を仕入れに日本橋の魚河岸まで出かけるが、そのとき仲間のぼてふりから耳にしたのであろう。

「場所は」

「薬研堀《やげんぼり》ちかくだといってたけど」

「そうか」

左近は行ってみようと思った。

すでに、五ツ半（午前九時）を過ぎていた。いまから、薬研堀まで出かけても検屍が済んで死体は片付けられてしまっているかもしれない。それでも、死んだ娘の名ぐらいは知れるだろう。

「旦那、出かけるつもりでしょう」

お梅が、上目遣いに左近を見ながらいった。

「ちょうど、退屈していたところだ」

「いいねえ、家がしっかりしてる人は。働かなくったって食ってけるからさ」

お梅は半分揶揄《やゆ》するような口調でいい、かがみ込んでいるおふねと目を合わせて首をすくめた。

左近は御家人の冷や飯食いで、実家からの合力《ごうりき》で暮らしていることになっていた。

左近は女たちには取り合わず顔を洗って長屋にもどると、刀を一本落とし差しにして、ふらりと木戸から通りへ出た。

縞模様の袷《あわせ》に角帯だけで、総髪を風になびかせ飄然《ひょうぜん》と歩いている。面長で端整な顔立ちだが、表情のない顔には暗い翳が張りついていた。

左近は影目付になる前、百俵五人扶持《ぶち》の御徒目付だった。主に御家人を監察糾弾する役で、御目付の支配下である。

左近にはお雪《ゆき》という相愛の許嫁《いいなずけ》がいた。色白の美人だった。

お雪の美貌に、御徒目付組頭の嫡男である国枝恭之進《くにえだきょうのしん》が横恋慕し、強引に嫁に欲しいといいだした。お雪は、左近さまといっしょになれないなら、自害するとまでいって断ったのだが、恭之進は左近の名を騙《かた》って人気のない古刹《こさつ》にお雪を呼び出し、無理やり体を奪ってしまった。

十日ほど後、お雪は、左近さまに添い遂げとうございました、との遺書を残して、大川に身を投じたのである。

お雪の葬儀の後、左近は国枝家の屋敷の前で恭之進と会った。そのときは、恭之進に一言詫《わ》びて欲しいと思っただけなのだが、恭之進の口から出た嘲罵《ちょうば》の言葉に、左近は逆上し、斬《ざん》殺《さつ》してしまった。

左近は斬罪を覚悟した。いかなる理由があろうと、直属の上司の嫡男を斬り殺してしまったのである。

左近は屋敷に謹慎して公儀の沙汰を待った。

ところが、意外に処罰は軽く、改易だけだった。しかも、国枝家にも二百石を百石に減ずる沙汰があり、御徒目付組頭の役も罷免されたのだ。

この裁定の裏には当時御目付だった岩井の働きがあった。岩井は配下の徒目付を使って事件を調べ、原因は恭之進の理不尽な振る舞いにあったと断じ、ありのままに上申したのである。

左近の命は助かったが、武士にとって改易はきびしいものだった。家禄を奪われた上に屋敷も没収されたのである。

左近は隠居した老父と妹をかかえ、屋敷を出たその日から路頭に迷うことになったが、知人を頼って、なんとか棟割り長屋に住むことができた。

左近は神道無念流《しんとうむねん》の遣い手だったので、町道場の師範代などをやり、口を糊《のり》していたが、その困窮ぶりは長屋の住人ですら哀れむほどであった。

そうした極貧の暮らしのなかで、長屋に越して三年目、妹が風邪をこじらせて死んだ。さらにその半年後、老父が宇田川家の悲運を嘆きながら老腹をかっ切って自裁したのである。

……ひとり、生き長らえるつもりはない。

左近は父の亡骸《なきがら》を葬った後、腹を切って死のうとした。

そこへ、岩井があらわれた。左近の父親の自裁を知って焼香に来たのである。左近の様子からすべてを察知した岩井は介錯《かいしゃく》に立ち、

「宇田川左近の首は、おれが刎ねた。……今後は、われらとともに生き、影目付として闇に棲《す》む悪人どもを斬るがよい」

といって、仲間にくわえたのだ。

このとき、岩井も御目付を罷免され、影目付として生きる身だったのである。

左近は、薬研堀に着いた。大川端ちかくの酒屋で訊くと、女の死体は両国広小路にちかい桟橋の杭にひっかかっていたという。

「女の名は分かるか」

「さァ、そこまでは。……行って、御覧になったらどうです。ここから、近いですから」

酒屋の主人は、三町ほど先の桟橋でしてね、まだ町方がいるはずですよ、といい添えた。

左近は行ってみた。だが、桟橋に死体もなかったし、町方の姿もなかった。船頭がふたり、舫ってある猪牙舟の底に茣蓙《ござ》を敷いていた。ちかくの船宿か料理屋の客を乗せる舟であろう。

「船頭、女の土左衛門が揚がったそうだな」

左近は桟橋を渡り、舟のそばに近寄って声をかけた。

「へえ……」

ふたりとも仕事の手をとめて、左近に顔をむけた。警戒するような表情が浮いている。無理もない。左近は陰気な感じのする牢人だった。突然、声をかけられれば、警戒して当然である。

「おれの知っている女かもしれぬ。様子を話してくれ」

そういうと、左近はふところから財布を取り出し、一朱銀をひとつつまみ、酒代にでもしてくれ、といって、ひろげた茣蓙の上に投げてやった。

「こりゃァ、どうも」

船頭の態度が一変した。

一朱銀を手にした大柄な船頭が、満面に愛想笑いを浮かべながら、

「旦那、何でも訊いてくだせえ」

といって、舟から桟橋へ下りてきた。

もうひとりの痩せた船頭も、船梁《ふなばり》に腰を下ろして左近の方に顔をむけている。

2

「引き揚げられた女を見たのか」

左近が訊いた。

「そりゃァもう、死骸《おろく》を見つけたのは、こいつですぜ」

大柄な船頭が、船梁に腰を下ろしている仲間の方へ顔をむけた。

「そうなんで。……肝《きも》をちぢめやした。あっしが、舟を出そうとして綱をはずしてると、女が水のなかからあっしを見上げてやしてね」

痩せた男は、そのときのことを思い出したらしく、首をすくめて身震いした。

「女の名は分かるか」

まず、それを訊きたかった。

「へい、おゆらという呉服屋の娘で」

「…………！」

やはりそうか。お島とまったく同じである。ふたりは行方不明となった後、死体となって大川で揚がったのだ。

「旦那のお知り合いで」

痩せた船頭が訊いた。

「いや、名はちがう。だが、おゆらというのは見世《みせ》で遣っている名かもしれん」

左近はもっともらしくいった。

「いえ、ほんとの名のようですぜ。家は、日本橋の崎田屋でしてね。父親がここに来て確かめやしたから」

痩せた船頭によると、集まった野次馬のなかに、崎田屋の娘ではないか、という者がいて、町方の手先が報らせに走り、父親の助左衛門が呼ばれたという。

「そうか。おれの知り合いとはちがうようだが、その女、殺されていたのか」

「それが、はっきりしねえんで」

北町奉行所の楢崎《ならさき》という定廻り同心が検屍したという。

おゆらは多量に水を飲んでおり、あきらかに溺死だったという。体のどこにも傷はなく、身投げだろうということになったらしい。

左近は楢崎慶太郎《けいたろう》を知っていた。もっとも、事件の探索の際、何度か顔を合わせたことがある程度である。北町奉行所のなかでは、やり手の同心だった。

楢崎は念のため手先たちに上流の川岸を当たらせたが、いまのところおゆらの姿を見た者もなく、身を投げた場所も分からないという。

……状況も、お島とそっくりだ。

左近は他殺の臭いを嗅《か》ぎとった。偶然にしては、類似点が多すぎる。

「おゆらの死体は、いまどこにある？」

「西の橋番所へ運んだようですが、いまごろは、崎田屋に引き取られてるかもしれやせん」

西とは、両国橋の西詰めのことである。

「そうだろうな」

はっきり殺されたと分かるならともかく、身投げの可能性の高い死体を町方が身を入れて調べるはずはなかった。

それでなくとも、江戸の河川や掘割には水死体が多い。流れる死体はかまわず、といわれて検屍さえしないこともあったし、流れ着いた死体も、面倒だから突き流してしまうことすらあったのだ。

「邪魔したな」

そういって、左近はその場を離れた。

左近は橋番所へ行き、番人にそれとなく訊いてみると、おゆらは崎田屋に引き取られたという。

左近は崎田屋を覗いてみようと思った。

両国広小路の雑踏を抜け、米沢町の細い路地へ入ったところでそば屋を見つけ、空腹を満たしてから日本橋へ足をむけた。

崎田屋は店をしめていた。まだ、娘の死体を引き取って間もないはずである。商いどころではないのだろう。

商いはしていなかったが、表戸の半分ほどはあいていて、ときおり奉公人らしい男や黒羽織に袴姿の男などが、こわばった顔で出入りしているのが見えた。

左近は店の前を歩きながらなかを覗いてみた。

うす暗く、動く人影が見えるだけで、何をしているかも分からなかった。

「左近さまじゃァないですか」

背後で声がした。振り返ると、茂蔵が立っていた。恵比寿のような顔に笑みを浮かべている。

「どうして、ここへ」

　左近は立ち止まり、茂蔵が近寄ってくるのを待ってから訊いた。

「崎田屋の奉公人から、話を聞こうと思ってきたんですがね。それどころじゃァないようでして」

　茂蔵は歩きながら、一刻（二時間）ほど前、大八車に積んだ大きな長持が運び込まれ、なかにおゆらの死体が入っていたことを話した。

　奉公人たちが、騒いでいるのを耳にし、それが分かったという。

「おれも、おゆらの死体を追ってここまで来たのだ」

　左近は長屋で噂話を耳にしたことから、いままでの経緯をかいつまんで話した。

「そうでしたか。……やはり、お島とおゆらの件は同じ筋のようですね」

　茂蔵の顔から笑みが消え、双眸がうすくひかっている。

「お頭のお指図どおり、ふたりの娘が連れていかれた先をつきとめねばならんな」

「それに、金貸しもね」

　ふたりは小声で話しながら、表通りの雑踏のなかを歩いていた。

　いったん、亀田屋へもどり、弥之助につないで、岩井におゆらの死を知らせるつもりだった。

日本橋を渡り、表通りの雑踏を避けるつもりで脇道へ入ってしばらく歩いたときだった。

「尾《つ》けられているようだ」

と、左近が声を殺していった。

「気付いております」

茂蔵は振り返らずにいった。

脇道へ入って一町ほど歩いたとき、茂蔵も縞の着物を尻《しり》っ端《ぱし》折《よ》りした遊び人ふうの男が物陰に身を隠すようにして尾けてくるのに気付いたのだ。

「あやつ、われらの正体を知っておるのかな」

「さて、それはどうでしょう」

「いずれにしろ、こたびの一件にかかわりがある者であろう」

「捕らえますか」

「そうしよう」

ふたりはちいさくうなずき合うと、右手にある細い路地を入り、すぐに走りだした。

そして、一町ほど走ったとき、茂蔵だけが立ち止まって、酒屋の脇に積んであった空樽《あきだる》の陰に身を寄せた。ふたりの後を追ってくる町人体《てい》の男を、そこで待ち伏せして捕らえるつもりだった。

町人体の男が、路地に姿を見せた。丸顔で眉の濃い男である。

男は路地の入口まで駆け込んできたが、そこで足をとめてしまった。立ったまま、警戒するように路地の先に目をやっている。

遠方に左近の後ろ姿が見えていた。男はいっとき、路地の左右をなめるように見ていたが、ふいに反転し、入ってきた通りへもどった。

……気付かれたか！

茂蔵は空樽の陰から飛び出し、路地を走った。

脇道へ走り出て左右に目をやったが、男の姿がない。茂蔵が追ってくるのを察知して、どこかの路地へ逃げ込んだようだ。

……ただの鼠《ねずみ》じゃァねえ。

と、茂蔵は思った。

3

岩井を玄関まで送って出た登勢が、お帰りは、遅くなりますか、と訊いた。声に夫の身を気遣うようなひびきがある。

「そうよな。分からぬが、夕餉は外で済ませてくるゆえ、先に休むがいい」

岩井は式台のところで足をとめて振り返った。

納戸《なんど》色の羽織に同色の袴。御家人か江戸勤番の藩士といった格好である。岩井は供を連れずに外出するときは、身分の低い身装《みなり》に変えることが多かった。

登勢や家臣には、市中見廻りといったり、碁を打ちに行くといったりして出かけるが、帰りが遅いため、家臣たちは岩井が暇を持て余して芝居見物か料理屋にでも行っているのだろうと思っていた。

ところが、登勢だけは岩井が幕府の密命を受けて動いていることに気付いていた。ただ、影目付という名のもとに、町方や火付盗賊改が手を出せないような事件を闇で始末していることまでは知らない。

「お気をつけて」

登勢は心配そうな顔でいった。

「案ずることはない。むかしの仲間のところでな、世間話をしてくるだけのことだ」

岩井はおだやかな声音でいって玄関を出た。

むかった先は、四ッ谷南伊賀町である。この町に、滝園の参詣のおりに姿を消し、後に死体で見つかった御広敷伊賀者、山田伸八郎の組屋敷がある。

岩井は伊賀衆組頭、内村佐内《うちむらさない》から、山田の一件について訊いてみようと思ったのだ。内村と話したことはなかったが、御目付だった岩井のことは知っているはずである。

四ッ谷御門にちかい南伊賀町、北伊賀町、鮫ヶ橋などは、伊賀者の組屋敷のある地で、町家のような小体な屋敷が軒を連ねている。

南伊賀町に入って、通りかかった鼠地の木綿羽織姿の武士に内村の屋敷を訊くと、すぐに分かった。円通寺《えんつうじ》という古刹の脇にある屋敷だという。

粗末な木戸門をくぐり、玄関先で訪《おとな》いを請うと、腰のまがった老爺《ろうや》が姿を見せた。下働きでもしている男らしい。

「岩井勘四郎ともうす者が訪ねてきたと、内村どのに伝えていただけぬか」

岩井は微笑みながらいった。

老爺はこわばった顔で、すぐに伝えますだ、といい残し、慌てて家のなかへ入った。

待つまでもなく、慌ただしい足音がし、老爺が四十がらみの小柄な男を連れてもどってきた。内村である。

「岩井さまと申しますと……」

内村の赤ら顔に不審そうな色があった。

岩井のことが分からなかったらしい。無理もない。内村は千石の旗本らしい身拵《みごしら》えの岩井しか目にしたことはなかったのである。

「目付だった岩井勘四郎だ」

「い、岩井さま！」

内村は目を剝いて声を上げたが、次の言葉を失い、息を呑《の》んだ。目を丸く剝いた赤ら顔が、猿のように見えた。まさか、御目付だった岩井が訪ねてくるなど思ってもみなかったにちがいない。

「ちと、訊きたいことがあってな」

岩井は声を落としていった。

「む、むさくるしいところですが、ともかくなかへ」

内村は恐縮していった。

「いや、縁先でも借りよう。いい日和《ひより》だ」

岩井は家人の手をわずらわせたくなかった。それに、おだやかな春の陽射しのなかで話す方が気持がいいはずである。

「では、こちらへ」

内村は腰をかがめて庭の方へ手を伸ばした後、傍らにひかえていた老爺に、六造《ろくぞう》、縁側に茶をお持ちしろ、と小声でいった。

老爺の名は六造というらしい。六造は賓客と思ったらしく、慌てて家のなかにもどった。枯れかかった一本の老松と、つつじの植え込みがあるだけの狭く粗末な庭だった。ただ、春の陽射しが満ちていて、岩井が縁先に腰を下ろすと来訪を歓迎するように温かくつつんでくれた。

「岩井さま、どのようなお話でございましょうか」

内村が不安そうな目で岩井を見ながら訊いた。

「なに、死んだ山田伸八郎のことでな。むかしの仲間のなかに、下手人だけでも捕らえてやらねば往生できまい、という者がいてな。それなれば、まずそこもとから話を訊くのが筋だと思い、こうしてまいったしだいだ」

岩井はもっともらしくいった。

「で、ですが、岩井さまは……」

内村は慌てて語尾を呑み込んだ。お役を退《の》いておられる、とでもいいたかったらしい。

「いや、わしは暇でな。代わりに、訊いてきてやろうとしゃしゃり出てきたわけだ」

岩井は苦笑いを浮かべていった。

「さようでございますか」

内村はほっとしたように顔をやわらげたが、

「ですが、拙者もくわしいことは……」

そういって、眉を寄せた。いいにくそうな雰囲気がある。

「行方が知れなくなった日、山田は御中臈の滝園さまの増上寺の参詣に従ったそうだな」

かまわず、岩井は訊いた。

「さようで」

内村が返事したとき、六造が盆に載せて茶を運んできた。

「茶を淹《い》れましただ」

チラッ、と岩井に目をむけ、首をすくめながら岩井の膝先に湯飲み茶碗を差し出した。皺《しわ》だらけの棒のような手が顫《ふる》えていた。

「馳走になる」

そういって、茶碗に手を伸ばして喉を湿し、六造が退くのを待ってから、

「滝園さまは、ときおり参詣へ行かれるようだが、山田が供につくことが多いのか」

と、訊いた。

岩井が御目付だったころ、滝園は信心深いのか、自身の病気や親の重篤を理由に増上寺や上野の寛永寺などに年に二、三度は出かけていた。

通常、大奥の上臈、御年寄、御中臈などは生涯城の外へ出ない一生奉公である。御年寄は

御台所《みだいどころ》に代わって増上寺や寛永寺に代参することが許されているが、御中臈にはそれもない。

ただ、親の死に目と病気のときだけは、城外へ出ることが許される。

そのため、滝園は自身の病気や親の重篤などを理由に城から出て参詣に出かけているようなのだ。

幕閣のなかにもこのことに気付いている者はいるが、滝園が将軍家斉の寵愛を受けている
ことや一部の有力な幕閣と結び付いていることなどを慮《おもんぱか》って、あまり口にしないのである。

それに、信心のための参詣なら、大目にみようという雰囲気もあったのだ。

「はい、滝園さまからの名指しがありましたもので」

内村によると、滝園が城から出るときは山田が従うことが多かったという。

「参詣の途中、姿を消したということだったが、いったいどこでいなくなったのだ」

「その日、いっしょに供についた添番《そえばん》の者の話では、滝園さまが増上寺でお休みになられて
いるとき、山田の姿が見えなくなったとか」

御広敷添番も伊賀者である。大奥の御年寄が代参で参詣に出るときは、御広敷添番もひと
り従うことになっていたので、滝園にも供についたらしい。

「添番の者もいっしょにいたのではないのか」

岩井が訊いた。

「それが、滝園さまはお参りを済ませると、持病の癪《しゃく》が出たため方丈で休まれたそうです。その際、供の者に、いつ治まるか分からぬし、ただ待たせるのは心苦しいゆえ、寺から出てくつろぐがよい、といって、門前の料理茶屋で休むことを許したそうです。その茶屋で、山田は厠《かわや》へ行くといって座敷を出たきり、もどらなかったとか」

「大川で揚がった山田の死体には、殺されたような痕《あと》があったのか」

「はい、刀傷がございました。袈裟《けさ》に一太刀、それに胸も突かれておりました」

「うむ……」

下手人は初太刀を袈裟に浴びせ、とどめとして胸を突いたのであろう。山田を斬ったのは武士とみていいようだ。

「山田が、何者かにつけ狙《ねら》われていたようなことはないのか」

「そのような話は聞いておりませぬ」

内村は断定するようにいった。

「山田が殺されるような心当たりはないのだな」

「ございませぬ」

「そうか。……ところで、おゆらともうす御次が行方知れずになったことは存じておるか」

岩井は、すでに弥之助を通して、おゆらが大川で死体で揚がったことを聞いていたが、そのことは口にしなかった。

「噂には聞いております」

「山田とおゆらは、何かかかわりがあったのか」

「いえ、そのようなことはないと存じますが」

内村は怪訝な表情を浮かべた。思いもしなかった問いだったのであろう。

「お島という娘の名を聞いたことは？」

「ございませんが……」

内村は首をひねった。本当に知らないようだ。

「うむ……。いまでも、滝園さまはお城を出られることがあるのか」

「はい、持病の癪やご父母の病などを理由に、年に一、二度は」

内村の口元にうすい嗤いが浮いた。

内村のような者でも、癪や父母の病は口実で、息抜きの参詣であろうことは知っているようだ。

滝園は、御中臈らしからぬ勝手な振る舞いが多いようである。

それから、山田の素行、家族や知己などについて訊いてみたが、事件にかかわるような話は聞けなかった。

「手間をとらせたな」

岩井は立ち上がり、六造にうまい茶だったと伝えてくれ、といい置いて、庭からそのまま通りへ出た。

4

陽が射してきたらしい。

長屋の腰高障子がかがやいていた。薄闇にとざされていた土間や座敷も、蓋《ふた》をとったように明るくなっている。

「おまえさま、晴れてきたようですよ」

古着の繕い物をしていた佳枝《よしえ》が針を動かす手をとめて、夫の山瀬《やませ》吾八《ごはち》に声をかけた。

山瀬は面長で切れ長の細い目をしていた。端整な顔立ちだが鬱屈《うっくつ》した翳がはりつき、身辺に陰湿な雰囲気をただよわせている。

「傘はいらぬようだな」

山瀬は傍らに置いてあった刀に手を伸ばした。

「お出かけになりますか」

佳枝が古着を脇に置いて立ち上がった。

「陽が暮れるまでには、もどるつもりだ」

山瀬は大刀を腰に差し、上がり框から土間へ下りた。

山瀬が、日本橋瀬戸物町の辰兵衛《たつべえ》長屋に佳枝とともに住みついて三年になる。佳枝もだいぶ長屋暮らしに慣れてきたようである。


山瀬は七十俵五人扶持の御徒衆の嫡男に生まれた。父親の作次郎《さくじろう》は、何とか山瀬を出世させたいと考え、子供のころから住居のちかくにあった心形刀流《しんぎようとう》の立川《たてかわ》道場へ通わせた。

それというのも、御徒衆をたばねる御徒頭は武芸の練達者が務めることになっており、軽格のなかからも抜擢《ばつてき》されたので、剣名を上げれば出世もあながち夢ではなかったのだ。

御徒頭は布衣《ほい》、千石高だった。七十俵五人扶持の御徒衆にとっては、大変な出世なのである。

道場に通うようになって数年もすると、若手のなかでは相手がいなくなるほど山瀬は腕を上げた。稽古熱心だった上に、剣の天稟《てんぴん》もあったからである。

山瀬は二十三歳のとき父の跡を継いで、御徒衆として出仕した。そして、翌年に同じ御徒衆の娘の佳枝を嫁にもらったのである。

山瀬は順調だった。出仕して数年経つと御徒衆のなかに山瀬の剣名は知れ渡り、いずれ御徒頭に抜擢されるのではないかとの噂がひろがった。

ところが、山瀬の人生を狂わすような事件が起こった。山瀬と同じように腕に覚えのある金谷《かなや》岳三郎《たけさぶろう》という若い御徒衆が酒に酔った勢いで、山瀬に立ち合いを挑んだのだ。山瀬は相手にせず、金谷の軽挙を笑いながらたしなめた。

これを、金谷は嘲弄されたと思い込み、逆上して斬りつけてきたのだ。咄嗟《とっさ》に山瀬は抜き合わせ、はずみで金谷の首筋を斬ってしまう。金谷はその場で絶命した。山瀬への沙汰は、役儀召放であった。金谷から斬りつけてきたことが認められ、切腹はまぬがれたのである。

その後、山瀬は老いた父母と佳枝をともなって伯父の家に身を寄せていたが、数年の間に父母が他界し、伯父の家にもいづらくなって、三年前にこの長屋に住みついたのである。

当初、暮らしは家財を売ったり傘張りなどをしてたてていたが、そのうち暮らせなくなり、山瀬は日傭《ひようと》取りから賭場《とば》の用心棒まで、金になるようなことなら何でもやった。

そうしたおり、若いころ立川道場で同門だった原島願次郎《はらしまがんじろう》と出会った。原島は御小納戸頭《おこなんどとう》取《どり》の要職にいた。父親の跡を継いで出仕したときは、二十俵二人扶持の御書院御番同心の軽格だったので大変な出世である。

原島は山瀬を柳橋の料理屋に連れていき、

「山瀬、その剣の腕生かさぬか」

と、切り出した。

「生かすとは」

「ひとり、斬ってもらいたい」

原島は三十半ば、顔の大きな目のギョロリとした男だった。その目で、山瀬の心底を覗くように見つめている。

「………」

山瀬はあまり気乗りがしなかった。いかに貧したとはいえ、金ずくで斬るのは武士として気が咎めるのだ。

「三十両、出そう」

「三十両……」

大金だった。三十両あれば、佳枝とふたりで数年は生きていける。

「それに、おぬしが望むなら山瀬家の再興を約束しよう。御徒衆より、御納戸衆がいいだろう。出世が早い」

原島は幕閣の実力者と昵懇《じっこん》にしていることを話し、

「おれがいまの地位にあるのも、そのお方のお蔭だ。……それにな、おれはまだまだ出世するぞ。勘定奉行の座もみえてきているのだ。そうなれば、おれの力だけでも、おぬしを引き上げることができる」

と、目をひからせながらいった。

山瀬は原島の物言いの裏に悪逆な権謀術数があるのを感じ取った。斬る相手も、敵対する幕臣ではないかと思った。

要人の暗殺か、口封じにちがいない。

……だが、それもいいではないか。いまのおれに失うものはない。

山瀬は、そう思った。

「斬ろう」

山瀬は承諾した。

「それはありがたい。……ただし、幕臣として身を立てようとするなら、おれのいうとおり動いてもらわねば困るぞ」

原島の声に権高なひびきがくわわった。原島の麾下《きか》に入れということのようだ。

「分かった。そうしよう」

山瀬は、原島についていってみようと思った。暗殺であれ口封じであれ、出世のために剣を遣うのである。それが、子供のころからの望みだったはずだ。

「それで、相手は」

「伊賀者、山田伸八郎」

「伊賀者……」

意外に小者だった。伊賀者は御家人のなかでも身分は軽く、御徒衆より下である。

暗殺の理由は訊かなかった。手筈《てはず》も、原島がすべてととのえるので、斬ってくればいいということだった。

山田の斬殺を承知してから十日後、辰兵衛長屋に芝造《しばぞう》なる町人があらわれ、いっしょに来てくれ、といって、連れ出した。山田を斬る手筈がととのったという。

芝造は小柄だが、敏捷そうな男だった。丸顔で濃い眉をしている。

芝造が連れていったのは増上寺ちかくの浜松町四丁目、東海道の新堀川にかかる金杉橋からすこし離れた土手沿いの小径だった。

「旦那、ここで待っててくだせえ」

そういって、芝造は山瀬をその場に残し増上寺の方へもどっていった。

山瀬が笹藪《ささやぶ》の陰に身を隠して待つと、芝造ともうひとり背のひょろりとした町人が、武士をひとり同行してきた。

鼠地の紋付き羽織で、袴の裾を端折っている。一目で、身分のある者に随行してきた伊賀者であることが知れた。

ふいに、山瀬は山田の前に飛び出した。

山田は驚いたように目を剝いたが、襲ってくるとは思わなかったらしく、

「何の用です」

といって、左右にいる芝造ともうひとりの男の方に助けを求めるように目をやった。

そのとき、芝造が山瀬に目配せした。斬ってくれ、という合図である。

山瀬は抜刀と同時に、前に疾走した。

山田は顔をひき攣らせて後じさり、芝造ともうひとりの男は大きく左右に離れて間をとった。

タアッ!

裂帛《れっぱく》の気合が静寂を破り、閃光《せんこう》が弧を描いて伸びた。

その斬撃が、刀を抜きかけた山田の肩口に袈裟に入った。

ギャッ、という絶叫を上げて山田がのけ反った。肩口が裂けて血飛沫《ちしぶき》が噴いた。鎖骨が截《せつ》断《だん》されるほどの深い傷である。

それでも山田は倒れず、反転して逃れようとした。

山瀬はさらに踏み込み、背後から山田の背中に刀身を突き刺した。切っ先が胸から抜けるほどの激しい突きだった。

断末魔の悲鳴を上げて、山田は転倒した。

そばに駆け寄った芝造が、

「旦那、死骸《おろく》はこっちで始末しやすんで、引き取ってくだせえ」

と、声を抑えていった。

死体を見つめた芝造の目が異様なひかりを帯びていた。凄絶《せいぜつ》な斬殺に、興奮したらしい。

山瀬は死体をふたりにまかせ、いそいでその場から立ち去った。

二日後、山田の死体が永代橋ちかくの大川端で揚がったことを長屋の住人の噂で知った。

それから数日して、芝造と顔を合わせたとき訊くと、

「なに、猪牙舟《ちょき》で運んで流したんでさァ。どこで殺《や》ったか、分からなくなりやしょう」

と、狡猾《こうかつ》そうに目をひからせていった。

5

長屋を出た山瀬は、日本橋を渡り京橋の方へ足をむけた。

京橋を渡って左手にまがり、八丁堀川沿いに歩くと大川に突き当たる。そこは本湊町で、右手に佃島と人足寄せ場のある石川島があり、左手には松や樫《かし》などの常緑樹の杜でかこまれた鉄砲洲《てっぽうず》の湊稲荷《みなといなり》（波よけ稲荷）があった。

山瀬は大川端を川下にむかって歩いた。しだいに、石川島が間近に見えてくる。この辺りは大川の河口で、江戸湊の一部といってもいいところである。

石川島と佃島の先には、帆を張った大型廻船や波間に揺れる猪牙舟などが見えていた。江戸湊の海原は春らしい陽光に満ちていた。

山瀬は黒板塀でかこまれた屋敷の前で足をとめた。敷地はひろく、松、槙《まき》、紅葉《もみじ》、梅などの庭木が植えられ、閑静なたたずまいを見せていた。富商の寮か大身の旗本の別邸のような屋敷である。

通りに面した冠木門《かぶきもん》をくぐると、正面に二階建ての料理屋ふうの建物があり、軒先に『浜乃屋《はまのや》』と記した掛け行灯が出ていた。離れであろうか、奥にも数寄屋《すきや》造りの瀟洒《しょうしゃ》な家がいくつかあるようだった。

料理屋らしいが、妙な店である。通りからは、料理屋に見えないのだ。

浜乃屋の玄関の格子戸《こうしど》をあけて奥に声をかけると、廊下を歩く足音がして、背のひょろっとした男が顔を出した。

この男、松次《まつじ》という。山田を斬殺したとき、芝造といっしょにいた男である。

「旦那、親分がお待ちですぜ」

松次は、口元に愛想笑いを浮かべていった。

親分というのは、この店の主《あるじ》で森下《もりした》の仁蔵《にぞう》と呼ばれている金貸しである。仁蔵は若いころ渡り中間で、旗本屋敷の中間部屋で博奕《ばくち》に明け暮れていた男だった。そのうち、自分でも仲間を集めて賭場をひらくようになったが、

(博奕の貸元なんぞやってたって、金は溜まらねえ)

と早々に見切りをつけて、金貸しを始めたのである。

芝造と松次は、そのころからの手下《てか》だった。

その仁蔵が原島と結びついていた。仁蔵にそれとなく訊いてみると、原島の屋敷に中間として奉公していたとき、知り合ったのだという。

それにしても、旗本と金貸しの親分の結びつきは妙である。旗本と中間という関係の他に何かありそうだったが、山瀬は深く詮索しなかった。

……訊かずとも、そのうち見えてこよう。

と、思ったのである。

奥座敷に三人の男がいた。森下の仁蔵、芝造、それに高村栄之助《たかむらえいのすけ》という原島家の用人だっ

た。この高村がなかなかの遣い手で、原島が勘定奉行にでも出世したおりには、相応の石高で取り立てるとの約定《やくじょう》があるらしかった。

三人の膝先に酒肴《しゅこう》の膳《ぜん》が置いてあった。この家には女中が三人、下働きの者がふたり、それに板場をまかせている料理人がひとりいた。浜乃屋の客のために、住まわせていたのである。

ただ、女中から下働きの者まで仁蔵の息のかかった者たちで、雇うというより身内を住み込ませているといった方がいいのだろう。

「さァ、旦那、こちらへ」

仁蔵は、山瀬を上座に座らせた。

仁蔵は四十がらみ、丸顔で肌が浅黒く狸《たぬき》のような顔をした男だった。一見剽軽《ひょうきん》な顔に見えるが、双眸には相手を射竦《いすく》めるような冷酷なひかりがやどっていた。

山瀬が腰を下ろし、いっときすると女中が酒肴の膳を運んできた。

「まァ、一杯」

仁蔵はすぐに銚子《ちょうし》を取って、酒をすすめた。

山瀬が杯の酒を飲み干すのを見てから、

「また、旦那の手をお借りしたいんで」

と、仁蔵が声を抑えていった。

「斬るのか」

「はい。今度は、ふたりになりそうなので、高村さまにもお手伝いいただこうかと存じましてね。むろん、依頼は原島さまで」

仁蔵は金ずくで殺しを引き受ける殺し屋の元締めをしているわけではなかった。原島の片腕のような存在で、その意向を受けて動いているようなのだ。高村はそのつなぎ役でもあった。御小納戸頭取の要職にある原島が、金貸しである仁蔵と頻繁に密会するわけにはいかないのであろう。

「それで、相手は」

山瀬が訊くと、手酌で杯をかたむけていた高村が、

「有馬《ありま》八十郎《やじゆうろう》。御徒目付ですよ。ふたりといったのは、このところ有馬は、用心して腕の立つ家士をひとり従えていることが多いからなんです。ふたりでも、山瀬さんと拙者で仕掛ければ、なんとかなるでしょう」

高村は微笑みながらいった。

高村は二十半ば、面長で女のようにやさしげな顔をしていた。その白皙《はくせき》に朱がさしている。酒に酔っているらしい。

「手筈は手前どもの方で」

仁蔵がいい添えた。

「よかろう。受けよう」

山瀬は理由を問わなかった。山田を斬殺したときから、山瀬は原島の配下になったのだ。原島が何をたくらんでいようと、一蓮托生の身だった。

「それでは、これを。原島さまからですよ」

仁蔵がふところから袱紗包みを取り出し、畳の上にひらいた。

切餅がふたつ入っていた。仁蔵は、では、山瀬さまと高村さまにひとつずつ、といって、ふたりの膝先に置いた。二十五両である。それが、有馬の殺し料らしい。

山瀬と高村が切餅をふところにしまうのを見て、

「用心した方がいいですよ」

と、仁蔵が声をあらためていった。

「なにか、懸念があるのか」

高村が訊いた。

「はい、妙な男たちが探っているようでしてね」

そういって、仁蔵が傍らにいる芝造の方に顔をむけた。

「へい、崎田屋を探っているやつがおりやして」

芝造が声をひそめていった。

「町方ではないのか」

高村の声が、すこしうわずっていた。赤く染まった顔に驚きの色がある。

「町方じゃァねえ。ひとりは恰幅のいい大店の旦那ふうの男で、もうひとりは貧乏牢人のような身装《なり》をしてやした」

崎田屋の前から左近と茂蔵を尾けたのは、芝造だったのだ。

「有馬の手の者でもないのか」

「ちがいやすね。得体の知れねえやつらで」

芝造は三人の男に鋭い目をむけていった。

「いずれにしろ、用心することですな。……崎田屋ももうすぐ落ちそうだし、鳴門《なると》屋《や》と浜《はま》崎屋《ざきや》の方もうまくいっている。わたしらの望みがかなうのも、もうすぐですよ」

そういって、仁蔵は目をひからせた。

鳴門屋は日本橋箱崎町にある米問屋で、浜崎屋は深川の船宿だった。ちかごろ、仁蔵は鳴門屋と浜崎屋の主人にも高利で金を貸していたのである。

6

「これは、これは、岩井さま。ようこそ」

帳場にいた番頭格の栄造が揉み手をしながら近寄ってきた。

「主は、いるかな」

岩井は店内に目をやりながらいった。旗本や御家人などから買い上げた献上品や贈答品などを並べた棚のそばに、手代の利吉がいるだけで、他に人のいる気配はなかった。

「はい、離れで。……宇田川さまと、これでございますよ」

栄造はあばた面《づら》いっぱいに笑みを浮かべて、碁を打つ真似《まね》をしてみせた。

亀田屋の奉公人の間では、岩井と左近は碁好きの御家人と牢人ということになっていた。

ふたりとも主の茂蔵の碁敵《ごがたき》で、離れにこもっているときは碁を打っていると信じている。

それに、献残屋は旗本、御家人、富裕な商人などが相手の商売だったので、近所の住人や店の客も武家が出入りしても不審に思わなかったのだ。

「では、覗かせてもらうかな」

「はい、はい、ごゆっくりと。後で、おまさに茶を運ばせましょう」

栄造は愛想よくいった。

おまさは、亀田屋の女中である。四十過ぎの後家で、ちかくの長屋に倅《せがれ》とふたりだけで住んでいる。人はいいが、牛のように動作がのろく愚鈍で、茂蔵に裏の顔があるなど思ってもみない。

岩井は一度店を出て、脇のくぐり戸から裏手にある離れへむかった。

離れも影目付の密会場所に使えるよう工夫されていた。離れの周囲には葉の茂った常緑樹が植えられ、出入りする者の姿を隠してくれたし、店の脇の小径をたどれば、店の者にも気付かれずに出入りすることもできた。

夜分などは、店の奉公人にも知られず密談することができたのである。

離れの入口の引き戸をあけると、すぐに茂蔵が腰を上げた。

「これは、岩井さま、お迎えにも上がりませんで」

茂蔵が恐縮したようにいった。

左近は黙って頭を下げただけである。

ふたりは、碁盤を挟んで対座していたが、石の並び方は適当だった。碁を打つふりをして、探索の話をしていたのだろう。

「邪魔をするぞ」

岩井は、対局を覗くようにふたりの間に座った。

「それで、崎田屋から何か分かったか」

碁盤に目を落としながら、岩井が訊いた。

「だいぶ、様子は知れましたが、おゆらの死とかかわるようなことは、何も出てきません」

黒の碁石を指先でもてあそびながら、茂蔵がいった。

茂蔵によると、左近と手分けして近所の住人や奉公人などに当たって聞き込んだという。

昨年、崎田屋は店舗の一部を改修したとき、手持ちの資金では二百両ほど足りず、親戚や取引先などから都合してもらった。

そのさい、店の客だった仁蔵という男からも五十両ほど借りた。この男が金貸しだったということ。

「高利の烏金《からすがね》か」

岩井が訊いた。

烏金は、夜明けに烏が鳴くころ元利を返済することからそう呼ばれている、日歩で借りる高利の金銭のことである。

「いえ、ごく低利だったそうで」

「では、なぜ借金が増えたのだ」

「奉公人の話によると、主の助左衛門は念願だった店の改修ができ、借金の返済もめどがたって安堵《あんど》したらしく、その後、柳橋の料理屋や吉原などにときおり出かけるようになったというのです。……そのさい、仁蔵から五両、十両と都合してもらい、しだいに借金がかさんでいったらしいんです」

「それで」

崎田屋は大店である。多少、主人が酒色に耽ったとて、首がまわらなくなるほど借金がかさむとは思えなかった。それに、助左衛門はこれまで崎田屋を切り盛りしてきた商人《あきんど》である。そこまで、借金がかさむ前に何か手を打つはずではないか。

そのことを岩井が話すと、

「奉公人も首をかしげてました。なぜ、助左衛門がそこまで借金を重ねたのかと。……それに、当初は金利も低かったらしいんですが、金額が増えるにしたがって利息も高くなっていったようなんです」

「うむ……」

「それで、いまは七、八百両はあるのではないかと、奉公人が口にしてました」

「七、八百両もか」

多すぎる、と岩井は思った。よほど遊蕩《ゆうとう》しなければ、それほど高額にはならないだろう。

そのとき、戸口の向こうで飛び石を渡る下駄の音がした。おまさが茶を運んできたようである。

三人は口をつぐみ、碁盤に目を落とした。

おまさが引き戸をあけて、入ってきた。丸い大きな目で三人の男たちを見まわし、首をすくめて近寄ってくると、茶が淹《はい》りました、と小声でいって、三人の膝先に湯気のたつ湯飲み茶碗を置いた。

そして、石など並べて何がおもしろいのかねえ、とつぶやくと、首をかしげて出ていった。

そのおまさの下駄の音が消えると、

「それで、おゆらは借金のかたにでも取られたのか」

と、岩井があらためて訊いた。

「それが、ちがうらしいんです。……おゆらは店の手代を連れて浅草寺にお参りに行き、手代が目を離した隙に、いなくなってしまったとか」

おゆらが行方不明になった当初、助左衛門は気がちがったようになって娘の行方を探し歩いたという。

「奉公人も近所の者も、借金のかたに取られたのなら、あれほど取り乱して探したりはしないだろうといってました」

「借金のかたでないとすると、滝園さまにかかわってのことかもしれぬな」

岩井は、伊賀者の山田伸八郎と同じように大奥にかかわることで殺されたのではないかと思った。

「それで、崎田屋は今後どうなる？」

岩井は、相模屋の家族と同じように一家心中でもするのではないかと懸念したのだ。

「助左衛門は、それほど落ち込んではいないそうです。……残っている奉公人といっしょに崎田屋を借金のかたにそっくり仁蔵に明け渡し、助左衛門一家は二、三人の奉公人だけを連れて、小体な呉服屋をやっていくことになっているそうです」

「なるほど。崎田屋と娘は失ったが、残された一家の生きていく術《すべ》はあるということか」

「そのようです」

「うむ……」

岩井が碁盤を見つめながら沈思していると、いままで黙って聞いていた左近が、

「お頭」

と、つぶやくような声でいった。

「なんだ」

「何者かが、われらの動きを探っているようです」

左近が、崎田屋の前から町人体の男に尾行されたことを話した。

「そやつ、町方ではないのか」

「ちがいます」

と、茂蔵が口をはさんだ。声に断定するようなひびきがある。

「わたしと左近さまとで、捕らえようとしたんですが、こっちの動きに感付いて逃げてしまいまして。町方とはちがうし、素人と思えません」

茂蔵がそういうと、左近もうなずいた。

「こたびの一件にかかわっている者であろうな。……いずれにせよ、まだ何か起こりそうな気がする」

岩井は独り言のようにいって、冷めた茶をすすった。

7

茂蔵が帳場で算盤《そろばん》をはじいていると、戸口から入ってきた万吉が店のなかを見まわし、茂蔵の他にだれもいないのを確かめると、慌てた様子で近寄ってきた。

「どうしました」

茂蔵は算盤を脇に置いて訊いた。

「旦那さま、小網町で人が殺されてるそうですよ」

万吉が茂蔵の耳元に顔を寄せていった。

「ほう、それで、殺されたのはだれかね」

「だれかは存じません。お侍がふたりとか」

「ふたり？　牢人か」

「いえ、ひとりは、身分のあるお方らしいんで」

万吉によると、行徳河岸ちかくの日本橋川の土手でふたりの武士が殺されているのを、今朝方通りかかったぼてふりが見つけたという。

万吉は店の前を通りかかった別のぼてふりが、魚を買いに来た長屋の女房に話しているのを耳にしたそうだ。

「あいかわらず、耳が早いな」

「へい、歳はとってやすが、耳だけは若え者《わけもん》に負けません」

万吉は、ニヤリとした。満面に笑みを浮かべ、目が糸のように細くなり猿のように皺だらけになった。万吉が得意になったときの顔である。

「万吉、ひとっ走りいって、左近さまに知らせてくれるか」

茂蔵は、斬られたのがだれか知りたかった。

そして、死体が残っていれば、左近に見てもらいたいと思った。左近は刀傷を見て、下手人の腕のほどもある程度推測できるのだ。

「承知しやした」

万吉は着物を裾高に尻っ端折りしなおし、戸口から飛び出していった。老齢だが、まだまだ体力はあるようだ。

茂蔵は帳場の奥の座敷で、買い付けた品物の整理をしていた栄造たちに声をかけてから出ていった。

日本橋川の川岸に柳が植えてあった。新緑に染まった枝を八方に垂らしている。その樹のそばに、人だかりがしていた。

河岸がちかいせいか、船頭や人足の姿が多かった。その人垣のなかに、黒の巻羽織に黄八丈の着物を着流した八丁堀同心の姿もあった。

顔に見覚えがある。北町奉行所定廻り同心、楢崎慶太郎だった。その楢崎のまわりに岡っ引きらしい男の姿もあった。

どうやら、楢崎が検屍をしているらしい。

茂蔵は人垣の後ろから、なかを覗き込んだ。楢崎の足元に死体が一体横たわっていた。もう一体は三間ほど離れた柳の根元に倒れているようだ。

楢崎の足元で伏臥《ふくが》している男の頭頂の髷と腰から伸びている黒鞘《くろさや》が見えたが、顔も衣類も見えなかった。

……左近さまが来るのを待とう。

茂蔵はそう思い、周囲にいる野次馬たちの会話に耳をかたむけた。

断片的に入ってくるかれらの会話から、茂蔵はいくらか様子が分かってきた。斬られたのは、身分のある武士と供侍らしかった。ふところの財布が抜かれているようで、町方は辻斬《つじぎ》りの仕業と見ているようだった。

それから小半刻（三十分）ほどしたとき、ふいに、背後で、旦那、という万吉の声がした。振り返ると、万吉と左近が立っていた。

「お連れしやした」

万吉が額の汗を手の甲でぬぐいながらいった。めずらしく左近の顔も朱を掃いていた。走りはしなかったろうが、急ぎ足で来たにちがいない。

「万吉、ごくろうだったな。お蔭で、左近さまに死骸《ほとけ》を見てもらえそうだよ」

茂蔵が慰労の言葉をかけると、

「あっしも、まだまだ旦那のお役にたてまさァ」

そういって、万吉は顔に皺を寄せ、目を糸のように細めた。

「検屍しているのは、楢崎か」

左近が人垣の先に目をやりながら訊いた。

「そのようで」

「覗いてみるか」

左近はそういい置くと、人垣を分けて楢崎の方に歩を寄せた。

8

楢崎の足元につっ伏している男は、羽織袴姿だった。藤袴《ふじばかま》色の羽織の肩口から背中にかけて、どす黒い血に染まっている。
応戦したらしく、男は右手に刀を握っていた。刀身に血の痕はない。相手を傷つけることはなかったのだろう
顔は見えなかった。両手を前に出した格好で伏臥しているので、顔は腕に挟まれて隠れていた。
「だ、旦那、こまりやす。下がってくだせえ」

岡っ引きらしい男が、左近の前に立ちふさがって声を上げた。

「楢崎さんの知り合いだ。死骸《ほとけ》のことで何か分かるかもしれんからな」

そういって、左近は楢崎の方に近寄った。

知り合いでも何でもなかった。ただ、楢崎が検屍をしているとき、二度ほど顔を合わせたことがあるだけである。

「楢崎さん、しばらく」

左近は馴々《なれなれ》しい調子で声をかけて歩み寄った。

「そ、そこもとは……」

楢崎は戸惑うような表情を見せた。どこかで見たような気がするが、その場所も名も思い出せない、といった感じである。

「宇田川左近だ」

「宇田川……」

まだ、楢崎は思い出せないようだった。

「以前、八丁堀川沿いで武士が斬られていたことがあったろう。あのとき、死骸《ほとけ》を見た者だよ」

左近は、その刀傷から下手人は袈裟斬りの得意な剛剣の主と推察したことがあったのだ。

それが、下手人の捕縛につながったかどうかは分からないが、多少参考にはなったはずである。

「あ、あのときの……」

楢崎は思い出したようだ。

だが、その顔にはっきりと迷惑そうな表情が浮かんだ。左近に対して好感はもっていないようである。

「刀傷だな」

左近は楢崎の脇から覗き込んでいった。

「そんなことは、だれでも分かる」

楢崎の声には憤慨したようなひびきがあった。

「斬った相手の手筋が分かるかもしれぬ。腕のほどもな。下手人の探索の役にたつと思うが」

「うむ……。見るだけだぞ」

楢崎は不服そうに口をゆがめたが、脇に身を寄せて左近を通した。

左近は死体のそばにかがみ込んだ。死体の右肩が大きく裂け、傷口から截断された鎖骨が覗いていた。下手人は正面から袈裟に斬り込んだらしい。ひろい範囲に血が飛び散っていた。

斬撃は肋骨《あばらぼね》を断ち、心ノ臓まで達している。

……手練だ！

左近は背筋を冷たい物で撫《な》でられたような気がして身震いした。

他に傷はなかった。下手人は正面から飛び込み、鍔《つば》が相手に触れるほど身を寄せてたたきつけるような斬撃を浴びせたにちがいない。

よほど腕がたつか、斬り慣れた者である。

「それで、どうなんだ」

楢崎が苛立《いらだ》ったような口調で訊いた。

「斬ったのは、腕のたつ男だ。これだけの遣い手なら、剣を学ぶ者の間で多少名が知れているかもしれん」

「うむ……。それで」

「他には分からんが、顔から見当がつくかもしれん」

左近は斬られた男がだれなのか、顔を見てやろうと思った。

左近が前に伸びた男の左腕を引いて肘《ひじ》をまげようとすると、

「お、おい、死骸《ほとけ》に手を触れるな」

楢崎が慌てていって、左近の脇にかがみ込んだ。

かまわず、左近は肘をまげ、横から顔を覗き込んだ。

「この男は……！」

左近は見覚えがあった。

……有馬ではないか。

有馬八十郎は、左近が御徒目付のとき同僚だった男である。

「おい、死骸《ほとけ》を知っているのか」

楢崎が目を剥いて訊いた。

「有馬八十郎、御徒目付だ」

左近は立ち上がり、むかし、同門の者の知己だった、といい添えた。左近は楢崎に元御徒目付だったことを知られたくなかったので、適当にいいつくろったのである。

それだけいうと、左近は楢崎のそばを離れ、柳の根元に倒れている男のそばに近寄った。

仰臥《ぎようが》していた。こちらは、右腕と腹を斬られていた。臓腑があふれている。致命傷は腹を両断するような刀傷である。

男は目を瞠《みひら》き、何かに噛みつこうとしているようにひらいた口から歯を剝き出していた。

有馬の供についた若党であろうか。粗末な羽織袴姿だった。

斬ったのは、有馬のそれとは別人のようだ。まず、籠手《こて》を斬り、刀を取り落としたところへ踏み込んで胴を払い斬りにしたものらしい。

……こっちも、遣い手のようだ。

そうつぶやいて、左近は立ち上がった。

かすかに身震いがした。有馬たちを斬ったのは、辻斬りではなさそうだ。ひとりならともかく、これだけの腕の者が、連れ立って辻斬りをするとは思えなかった。

自分たちがかかわっている事件とどうつながるか、まったく分からなかったが、左近はふたりの手練がちかいうちに自分の前に立ちふさがるような気がしたのである。

第三章　野望

1

小川町、雉子橋《きじばし》御門のちかくに左近は立っていた。そこは雉子橋通りで、大小の武家屋敷がつづいている。

左近は路傍の樹陰に身を寄せ、新見《しんみ》勘兵衛《かんべえ》が来るのを待っていた。新見は御徒目付で、左近がその役にあったころ親しくしていた男である。その新見の屋敷が、半町ほど前方の右手にあった。

御徒目付の勤務は昼番と夜詰とがある。新見が昼番として登城していれば、夜詰の者と七ツ（午後四時）には交替して、屋敷へもどるはずだった。

すでに七ツ半（午後五時）を過ぎていた。陽はだいぶ西にかたむき、通りを武家屋敷の影がおおっていた。あまり人影はなく、ときおり下城した武士が供の者たちを引き連れて通るだけである。

……来たな。

通りの先に、継裃《つぎかみしも》姿の武士が見えた。そのずんぐりした体軀《たいく》に見覚えがあった。新見である。新見は中間をふたり連れていた。下城し、屋敷へもどるところのようだ。

左近は樹陰から通りへ出た。

新見は顔をこわばらせて足をとめ、咄嗟に腰の刀に手をやった。牢人体の左近を見て、辻斬りとでも思ったようだ。

「おれだ、宇田川左近だ」

左近は顔をくずして近寄った。

新見の顔に、ほっとしたような表情が浮いた。

「宇田川か」

「驚かせてすまぬ。この格好では、うろんな者と思うだろうな」

左近は苦笑いを浮かべた。

新見はふたりの中間に、先に屋敷へもどるようにいい、その姿が遠ざかった後、

「何の用だ」

と、訊いた。その顔に戸惑うような色があった。

同僚のころ、親しくしていたとはいえ、左近は牢人の身だった。新見にすれば、好ましい相手ではないはずだった。

「おぬし、有馬八十郎のことを知っているか」

　かまわず、左近が訊いた。

　有馬が斬殺されて三日経っていた。当然、新見の耳にも入っているはずである。

「死んだことはな」

　そういって、新見はゆっくりした足取りで歩きだした。路傍に立ったまま話すわけにもいかないと思ったようだ。

「おれは、死骸《ほとけ》を見たのだ」

「なに、まことか」

　新見が足をとめて振り返った。

「ああ、おぬしたちの間でどう取り沙汰されているかは知らんが、あれは辻斬りや追剝《おいは》ぎの仕業ではないぞ」

　左近は、有馬と家士の刀傷のことを話し、

「おれは何者かが、口封じのため有馬を斬ったと見るがな」

と、いい足した。

「うむ……」

　新見の顔がこわばった。心当たりがあるのかもしれない。

「有馬は、何を調べていたのだ」

声をあらためて、左近が訊いた。

「その前に、おぬしが、なぜ有馬のことを訊くのだ。いまのおぬしは有馬と何のかかわりもあるまい」

新見の顔に、不審の色があった。

「かかわりはないが、有馬の死体と出会ったのも何かの縁と思ってな。それに、いまのおれには何のしがらみもない。好きなように探れる。むかしの仲間の供養に、有馬の無念を晴らしてやれればと思ったのだ」

当然のことだが、影目付のことはおくびにも出さなかった。

「無理だな。いらぬ詮索はせぬ方がいい」

新見は顔をしかめて首を横にふった。

「有馬が何を探っていたかは知らぬが、せめて、斬った相手だけでもつかんでやりたい。それだけだ」

左近がそういうと、新見は顔をしかめたまま歩きだした。そして、いっとき睨むように前方に目をやっていたが、

「おれも、はっきりしたことは知らぬ。御小納戸頭取の不正をあばくために探っていると聞

いていたが……」

そういって、左近の方に目をむけた。

「御小納戸頭取というのは、だれだ」

「原島願次郎さまとか」

「原島……」

左近は初めて耳にする名だった。

「原島さまを通して、一部の幕閣に多額の金が流れ込み賄賂として使われているという噂があったのだ」

「それで」

「幕閣だけでなく、大奥にまで金が流れているという噂もある」

「大奥のだれだ」

左近の脳裏に滝園の名が浮かんだ。

「そこまでは知らぬ。それに、ただの噂だ。いずれにしろ、われらの手に負えるような相手ではないし、よしんば、不正をつき止めたとしても、こっちの首が飛ぶのが先だよ。だから、無理だといったんだ」

「有馬の他に、その件を探っている者がいるのか」

御目付か御徒目付のなかに探索をしている者がいれば、話を聞くことができるだろう。

「いるわけがない。だれもが、自分の命は惜しい」

新見は自嘲するようにいった。

「…………」

左近は、口封じだと思った。

有馬は原島や滝園のかかわった不正の証《あかし》を何かつかんだのではあるまいか。そのために消されたとも考えられる。

……おゆらや伊賀者の殺しと、どこかでつながっている。

左近の勘だった。

だが、まだ何も見えていなかった。滝園と原島願次郎という名が知れただけである。ふたりの周囲は深い闇につつまれている。しかも、新見の口振りから、幕閣にも事件にかかわっている者がいるようだ。

……他にも、大物がいる。

左近はそう思って、身震いした。深い闇のなかに、滝園や原島を超えるような悪の巨魁《きょかい》がひそんでいるような気がしたのである。

「宇田川、いらぬ詮索はやめておけ。有馬のようになるのが、落ちだぞ」

そういい置いて、新見はきびすを返した。

左近はその場に佇《たたず》んだまま、新見の後ろ姿を見送っていた。新見の継裃姿が、淡い暮色のなかに遠ざかっていく。

……おれは一度死んだ男だ。何も恐れるものはない。

左近は、新見が屋敷の木戸門をくぐるのを見てつぶやいた。

2

静かだった。屋敷のどこかでくぐもったような人声が聞こえたが、ちかくの部屋に人のいる気配はなかった。それでも、大気は動いているらしく、燭台の炎の先がちらちら揺れている。

岩井勘四郎は松平信明の上屋敷の書院に端座していた。

左近が新見に会って二日後、岩井は亀田屋の離れで茂蔵たちとともに左近から話を聞いた。

……伊豆守さまのご懸念が、現実のものとなってきたわい。

と、岩井は思った。

そして、原島願次郎と滝園のかかわりを知るには信明に訊くのが早いと思い、用人の西田に連絡を取り、面会を願い出たのだ。

翌日、西田は岩井邸にあらわれ、今日の六ツ（午後六時）過ぎに松平家の上屋敷に参上するよう伝えた。

岩井はその指示に従い、上屋敷に来ていたのだ。

すでに、六ツ半（午後七時）を過ぎていた。女中が運んできた茶も冷えている。

信明は下城していたが、まだ姿を見せなかった。おそらく、着替えているのであろう。

そのとき、静寂を破る足音がした。ひとりではない。三、四人いるらしい。足音は岩井の座している書院の前でとまり、すぐに障子があいた。

信明だった。後ろに、西田、それに女中らしい女がふたりいた。女中は酒肴の膳を持っていた。

「待たせたかのう」

信明は笑みを浮かべていった。

微塵縞《みじんじま》の小袖に角帯、白足袋。くつろいだ格好である。

岩井がかしこまって、接見の挨拶をすると、

「よい、楽にいたせ。今宵《こよい》はわしに付き合え」

信明はくだけた口調でいって、西田の方に目をむけた。

西田はふたりの女中に指示し、膳を岩井と信明の膝先に並べさせた。肴は、焼いた小鯛、小鉢の酢の物、それに香の物だった。

西田と女中が座敷から去ると、すぐに信明が、

「話は、喉を湿してからだ」

そういって、銚子を取った。

一献ずつ酌み交わした後、

「わしに、何か話があるそうじゃな」

と、信明が切り出した。

「ハッ、過日、有馬八十郎なる御徒目付が、何者かに斬殺されました。その件につき、伊豆守さまのお耳に入れておきたいことがございまして」

岩井は、左近から聞いたことをかいつまんで話した。

「すると、そちは有馬が原島願次郎なる御小納戸頭取を探っていて、殺害されたとみているのだな」

「はい」

「うむ……。原島か」

信明は、いっとき視線を膝先に落としたまま黙考していたが、岩井の方に顔を上げると、

「そやつ、何かあるな。……ちかごろ、幕閣のなかに、そやつを勘定奉行に推挙する動きがある」

と、重いひびきのある声でいった。双眸が、燭台の火を映じて赤くひかっている。能吏らしい面貌《おもて》に凄味《すごみ》があった。

「…………」

「それにな、原島の昇進は異常だ。特別な後ろ盾があるとみてよかろう」

信明によると、原島はここ数年の間に御書院御番同心から御小納戸衆、そして現在は千五百石の御小納戸頭取に出世したという。

「推挙されているのは、どなたさまでございます」

岩井が訊いた。

「滝園さまを中心とする大奥の一部、出羽《でわ》、それに、御側衆《おそばしゅう》のなかにもいるようだ」

出羽というのは、若年寄の水野《みずの》出羽守《でわのかみ》忠成《ただあきら》のことである。

忠成は田沼意次《たぬまおきつぐ》に与《くみ》して実権の中枢にいた水野忠友《ただとも》の養子である。田沼も忠友も政権の座から失脚して久しいが、忠成は将軍家斉の寵愛を受けてこのところ急速に力をつけ、現在実権を握っている信明に対抗する勢力になりつつあった。

「滝園さまが、なにゆえ原島の後ろ盾に」

岩井は、御小納戸頭取と大奥の中臈がどのように結びついたのか分からなかったのだ。

「それは、わしにも分からぬ。ただ、ひとついえることは金だろうな」

「金……」

そういえば、左近が、大奥にまで金が流れているという噂がある、と口にしていた。

原島をとおして、忠成たち幕閣や滝園に多額の金が流れているのであろうか。もしそうなら、原島は莫大な金をどこから都合しているのであろう。御小納戸頭取の要職にあるとはいえ、原島にそれだけの金が用意できるとは思えない。

……仁蔵ではあるまいか。

岩井は、金貸しである仁蔵がその金を都合しているのではないかと思い当たった。

「原島と滝園さまがいかに結びついたか。そのあたりのことがはっきりすれば、こたびの一件にかかわった者たちと、その奸謀《かんぼう》が見えてこような」

そういって、信明は杯に手を伸ばして口元に運んだ。

「いかさま」

そのためには、まず原島と仁蔵の身辺を探ってみる必要がある、と岩井は思った。

「岩井、こたびの一件は、町方や火付盗賊改には手が出せまい。やはり、そちたちが闇で葬らねばならぬようだな」

信明が重い声でいった。

3

土間の竈《へっつい》から白煙が上がり、パチパチと粗朶《そだ》の燃える音がした。

佳枝が火を焚《た》き付けたのである。手ぬぐいを姐《あね》さんかぶりにした佳枝が竈の前にかがみ込み、火吹き竹を使っていた。

山瀬は上がり框のそばの畳に横になり、土間の方に目をむけていた。襷をかけた佳枝の袖口から、白い二の腕が覗いていた。嫁に来た当時からくらべるとだいぶ痩せて細くなっている。

……子供ができていれば、暮らしぶりもちがったであろうな。

山瀬は、痩せた佳枝の体を見ながらそう思った。

佳枝も山瀬も子供は欲しかったが、生まれなかった。ちかごろは、ふたりともあきらめていた。佳枝はいまでも、石女《うまずめ》であることに負い目を持っているようだったが、山瀬は妻としての佳枝に不満はなかった。子供がいない分、佳枝は山瀬に尽くしてくれたのである。

「佳枝」

寝転がったまま山瀬が声をかけた。

「なんです」

佳枝は火吹き竹を手にしたまま顔を山瀬の方にむけた。竈の火が色白の頰や首筋に映じて、鴇《とき》色に染まっている。

「すこし、金が入った。欲しい物があれば、着物でも櫛《くし》でも買ってやるぞ」

山瀬のふところには、まだ二十五両の大半が残っていた。

御徒衆の職を罷免されてから、佳枝には苦労のかけっぱなしだった。いまでも長屋暮らしだが、金の苦労だけはもうさせたくないと思っていた。

佳枝は御徒衆の娘だったが親に可愛がられて育ち、金の苦労などしたことはなかったはずだ。それが、山瀬のもとへ嫁いできてからは、明日の米にも困るほどの貧しい暮らしで、自分のために着物はおろか下駄ひとつも買ったことはない。

「それなら、おまえさまの袷をあつらえましょう」

そういって、佳枝は嬉《うれ》しそうな笑みを浮かべた。竈の火を映した頰が、娘のようにやわらかく照りかがやいている。

「おれはよい。先に、おまえの物を買うがいい」

山瀬は起き上がって胡座《あぐら》をかくと、ふところの財布から十両だけ取り出して畳の上に置いた。二十五両では大金過ぎて不審をいだくだろうと思い、十両だけにしたのだ。

「ここに十両ある。ある旗本の子弟に剣術の稽古をつけてやることになり、その束脩《そくしゅう》としてもらった金だ」

嘘だった。まさか、人斬り料というわけにはいかない。

「まァ、大金」

佳枝は目を剝いた。

「おまえの好きな物を買うがいい」

「それなら、まず、お米と味噌、それに下駄、布団も新しくしましょう」

佳枝は立ち上がって、流し場や座敷に目をやった。長屋の貧乏暮らしに慣れたせいか、思いつくのは暮らしの必需品ばかりのようだ。

「ずいぶん所帯染みた物ばかりだな」

山瀬は苦笑いを浮かべて立ち上がった。

「お出かけですか」

佳枝は、かぶっていた手ぬぐいを取った。

「そろそろ、旗本屋敷へ行く刻限だ。稽古をつけてやらねばならぬ」

山瀬は刀を手にして、土間へ下りた。

「夕餉までには、もどられますか」

「そのつもりだ。……今日は、一本付けてもらうとするか」

「はい。肴に、おまえさまの好物の魚を焼きましょう」

佳枝はそういって、戸口から送り出した。

山瀬がむかった先は、本湊町にある浜乃屋だった。午後から仁蔵たちと借金の取り立てに行くことになっていたのだ。

陽は頭上ちかくにあった。晩春の暖かい陽射しが、山瀬をつつんでいた。風のないおだやかな日和である。

浜乃屋の帳場で、仁蔵と芝造が待っていた。

「今日は、下谷《したや》に行きますんで」

山瀬が座敷で一休みし、茶を飲み干すのを見て、仁蔵がいった。

このところ山瀬は二度、仁蔵の借金の取り立てに同行していた。二度とも旗本屋敷だった。

これまで、仁蔵は芝造と松次を連れてまわっていたらしいが、相手が武家の場合だけ山瀬に同行を頼んだのである。

「念のためです。旦那は、黙ってそばにいてもらえばそれでいいんで。なかには、逆上して刀を振りまわすようなやつがいるかもしれませんのでね」

要するに、借金取りの用心棒である。

山瀬は断らなかった。暇だったこともあるが、天下の旗本が仁蔵のような男にやり込められる光景を見ると溜飲が下がり、いままでの鬱屈した思いが晴れるような気がしたのだ。

「今日は、三浦《みうらい》猪八郎《はちろう》という三百石の旗本です」

歩きながら、仁蔵が話した。

芝造は仁蔵の後を黙って跟いてきた。今日は、松次は同行しないようだった。

「役職は」

山瀬は三浦のことを知らなかった。牢人しているとはいえ、むかしの山瀬を知っている幕臣では気が引けるのだ。

「いえ、小普請ですよ」

「三浦も、浜乃屋の客だったのか」

山瀬が訊いた。

山瀬は浜乃屋に出入りするようになって、仁蔵が金を貸している相手の多くが浜乃屋の客だったことを知った。店に通う客に貸し付けているのか、ただ金を渡す場所として店を使っているだけなのか、そのあたりのことははっきりしなかった。

それに、浜乃屋という料理屋も秘密めいたところがあった。浜乃屋の裏手には、隔絶されたいくつかの離れがあり、そこには女がいて客をもてなしているようなのだ。

山瀬は詮索しなかったが、そこに遊女を置き特別な客だけを通して楽しませているのではないかと推測していた。

「まァ、そうです」

仁蔵は言葉を濁した。まだ、山瀬を信用しきっていないのか、金貸し業や幕府の実力者のことに話が及ぶと言葉を濁すことが多かった。

4

仁蔵たちが三浦邸のくぐり戸からなかに入ると、玄関先にいた初老の用人が、

「と、殿さまは、不在です」

と、顔をこわばらせていった。すでに仁蔵が何度も来訪しているので、顔も用件も知っているようだ。

「さようですか。それでは、お帰りになるまで、待たせていただきましょうか」

仁蔵は落ち着いたものである。咄嗟に用人が居留守をつかったことは、承知しているのだ。

おそらく、用人は、仁蔵が来たら留守だといえ、と指示されているのだろう。

「で、では、こちらへ」

用人は渋い顔をして山瀬たち三人を玄関脇の座敷へとおした。

「横溝《よこみぞ》さま、わたしどもは三浦さまがおもどりになるまで、お待ちしますので」

仁蔵は茶を持参した用人にあらためていった。用人は横溝という名らしい。

横溝は困惑したように顔をしかめたが、何もいわず座敷から出ていった。

一刻（二時間）ちかくも経ったろうか。

廊下をせわしそうに歩く足音がし、横溝が姿をあらわし、三浦が屋敷にもどったことを伝えた。

それからいっときし、小柄で猪首の男があらわれた。三浦らしい。小紋の小袖に角帯というくつろいだ格好だった。

屋敷にもどったというのは嘘だろう。いつまで経っても、仁蔵たちが帰りそうもないとみて、仕方なく出てきたにちがいない。

「仁蔵、待たせたようだな」

三浦は胸を張り、睥睨《へいげい》するように仁蔵たち三人に目をむけたが、顎《あご》の先がかすかに顫えていた。内心の動揺を抑えているのだろう。

「いえ、いえ、お待ちするのも、わたしどもの商売のうちでして」

仁蔵は愛想笑いを浮かべていった。

「それで、何の用だ」

「お分かりで、ございましょう。お貸しした三百二十両。返していただくお約束の期日が、半月も過ぎておりますが」

「わ、わしが借りたのは、二百両だぞ」

三浦の目がつり上がり、声が震えた。

「月五分のお約束でございます。お貸しして、ちょうど一年、月十両の利子でございますので、元利は三百二十両ということになりましょう」

「うむ……」

「証文もございますよ。お見せいたしましょうか」

仁蔵は、ふところから紙入れを取り出し、折り畳んだ証文を取り出そうとした。

「見ずともよい。……今日はこれだけだ」

三浦は目をつり上げたまま苛立った声でいうと、小袖のたもとから切餅をひとつ取り出して、仁蔵の膝先に転がした。

「これだけで、ございますか」

仁蔵は切餅を手にして低い声でいった。愛想笑いが消え、底びかりする目で三浦を睨むように見すえた。凄味のある顔である。

「そ、それだけしか、都合できぬ」

「これじゃァ利子にも足りませんよ。それに、今月からは三百二十両に五分の利子がかかることになりますんでね」

仁蔵の口調が変わり、声に恫喝《どうかつ》するようなひびきがくわわった。

「な、ないものは、出せぬ」

三浦から権高な雰囲気がぬぐい取ったように消え、困惑と狼狽が身をつつんだ。

「手持ちの金はなくとも、これだけのお屋敷なら売る物はいくらでもございましょう。そのお召し物だって、二両や三両にはなります。……それに、妙齢のご息女もおられると聞いておりますよ。その気になれば、三百や四百の金は、すぐに集められましょう」

「なに！」

サッと、三浦の顔から血の気が失せ、目がつり上がった。

「別に驚くほどのことではありませんよ。わたしどもが貸している方のなかには、店を手放したり、娘を売ったりする方もおられます。その気になられたら、わたしどもでお手伝いしてもかまいませんよ」

「て、天下の旗本にむかって、無礼であろう！　今後、この屋敷に踏み込んでみろ、即刻無礼討ちにしてくれるぞ」

三浦は額に青筋を立てて声を荒立てた。

「天下のお旗本が、血迷ったことをおっしゃってはいけません。わたしどもには、腕の立つお武家が何人もついております。何なら、この場で、腕のほどを披露してもかまいませんよ」

そういって、仁蔵が山瀬の方に目をむけると、

「抜けば、首が飛ぶぞ」

といって、山瀬が傍らの刀に手をかけた。

「ま、待て……」

三浦の顔が恐怖にひき攣った。全身がワナワナと顫えている。

「それに、てまえどもはご公儀に手蔓《てづる》がございます。このまま返済しないようなら、三浦さまが浜乃屋でお遊びになったご様子を文書に認《したた》め、この証文を添えて、しかるべき所へ訴え出てもかまいませんが」

「うむ……」

三浦は顫えたまま唸《うな》り声を上げた。

「まァ、今日のところは、これで帰りましょう。また、十日ほどしたら寄せていただきます

よ」

仁蔵は立ち上がり、引き上げましょう、と山瀬に声をかけた。

三浦邸を後にした三人は下谷御成《おなり》街道へ出て、神田方面に足をむけた。このまま本湊町へもどるつもりだった。

「仁蔵、おまえの狙いは何だ」

御成街道の人混みを抜け、神田川沿いの通りへ出たところで、山瀬が訊いた。

山瀬は仁蔵を知るにつけ、この男はただの金貸しではない、と思うようになっていた。ただ、金を溜めるだけでなく、もっと大きなことを目論《もくろ》んでいるような気がした。そうでなければ、原島の意向にしたがい、山田伸八郎や有馬八十郎を斬る手助けなどはしないだろう。

「わたしは、金貸しで終わるつもりはありませんよ」

仁蔵がくぐもった声でいった。

「旗本にでも取り立ててもらうつもりか」

「まさか。てまえは商人ですよ。武家になるつもりなど毛頭ございません」

「では、何だ」

「商人として、成功することです。天下一とまではいいませんが、江戸一番の商人になることが望みです」

仁蔵は小声でいったが、重いひびきがあった。

「何の商いをするつもりだ」

「とりあえず、呉服屋に米問屋でしょうか」

「なに」

「崎田屋と鳴門屋ですよ」

仁蔵が山瀬の方へ顔をむけていった。

口元に笑みが浮いていた。自信の笑みである。

5

弥之助は灌木の陰に身をひそめていた。本湊町の大川沿いの路傍である。その灌木の陰から、浜乃屋へ通じる冠木門が見えた。

弥之助が、この場から浜乃屋へ出入りする者の見張りを始めて三日目だった。

弥之助は崎田屋の奉公人から金貸しの仁蔵のことを聞き出し、崎田屋にあらわれた仁蔵の跡を尾けて浜乃屋を嗅ぎつけたのである。

……ただの料理屋じゃァねえ。

浜乃屋を見て、弥之助はそう直感した。

まず、弥之助が不審をいだいたのは店の外観だった。通りから見ると、料理屋というより金にあかせて造った富商の隠居屋敷か大身の旗本の別邸という感じがした。これでは通りがかりの者は料理屋と思わないだろう。

それに敷地がやけにひろかった。料理屋としての店舗の奥に離れのような建物がいくつもあるのだ。

弥之助は敷地の周囲をまわってみたが、高い板塀でかこわれていて、脇や裏からなかに入ることはできなかった。

次に、弥之助は浜乃屋に出入りする者に、不審をもった。むろん、客らしい者も出入りしたが、客とは思えないうろんな牢人や遊び人ふうの町人も姿を見せたのだ。

やつらは仁蔵の用心棒と手下ではないか、と弥之助は思った。となると、仁蔵は商人というより、金を貸し付けて暴利を脅し取る一味の親分とみていいのかもしれない。

……出てきたぜ。

弥之助は、灌木の陰から首を伸ばした。

仁蔵が、ふたりの町人体の男を連れて木戸門から出てきた。昨日は牢人体の男が同行していたが、今日は手下らしいふたりだけである。

手下らしいふたりは、何度か見かけた背の高い痩身の男と、小柄だががっちりした体軀の男だった。

三人は、ひそんでいる弥之助の前を通り過ぎ、湊稲荷の脇を通って稲荷橋の方へむかっていく。

……尾けてみるか。

弥之助は灌木の陰から出て、三人の跡を尾け始めた。

七ツ（午後四時）ごろである。陽が西にかたむき、稲荷の杜《もり》の影が路上に長く伸びている。通りには、ぽつぽつと人影があった。船頭や人足と思われる男たちが多かった。日没にせかされるように、足早に通り過ぎていく。

弥之助は黒の半纏に股引《ももひき》、草履履きだった。船頭か職人のように見えるだろう。仁蔵たちが振り返っても、尾けているとは思わないはずだ。

仁蔵たち三人は八丁堀へ入り、亀島川沿いの道をたどって日本橋の方へむかっていく。そして、神田を抜け大川にかかる永代橋を渡って、深川へ足を踏み入れた。

そこは、深川佐賀町。しばらく大川端を歩くと、浜崎屋という船宿があった。仁蔵たち三人は、その店に入っていった。

……一杯やりに来たわけじゃァあるめえ。

弥之助は、三人が浜崎屋に何の用で来たか知りたかった。

それほど大きな店ではなかった。入り込むのは無理だが、店の脇の板壁にでも身を寄せれば、話が聞けそうだった。

辺りに目をやると、裏手が桟橋になっていて、桟橋に下りる石段の脇に廃舟が積んであった。

その廃舟と店の間の隙間に入り込めば、店のなかの話が聞き取れそうだった。しかも、通りから身も隠せる。

すぐに、弥之助は積んである廃舟の陰にもぐり込んだ。

弥之助の姿は闇にまぎれていた。町筋を暮色がつつみ始め、黒い身装《みなり》の弥之助の身を隠してくれたのだ。

……茂八《しげはち》！　金がねえといやァ、それで済むと思ってるのか。

店の板壁を通して、恫喝するような男の声が聞こえた。通りにいても聞き取れそうな声である。

若い男の声なので、仁蔵ではなく、ふたりの手下のうちのひとりのようだ。

……で、ですから、十日ほど待ってくれと。

つづいて、震えを帯びた男の声が聞こえた。

おそらく、茂八の声であろう。茂八が、浜崎屋の主人かもしれない。

弥之助は、それだけのやり取りを聞いただけで、仁蔵たちが浜崎屋になにをしに来たか分かった。借金の取り立てである。

……すると、十日後に百二十両、耳をそろえて返していただけるわけで。

低い、くぐもったような声が聞こえた。

仁蔵らしい。声に凄味のある重いひびきがあった。

……い、いえ、利子の二十両だけで。

……それじゃァ、お話になりませんな。元利とも、返していただくお約束でしょう。証文も、そうなってますよ。

……そ、そのうち、きっとお返ししますから。とりあえず、利子だけでご勘弁いただきたいのですが。

茂八が喉を震わせていった。

……ねえ、茂八さん、おそめさんを手放したらどうです。

仁蔵の声が急にちいさくなった。

……て、手放せともうしますと。

「……わたしに預けてくださいよ。どうです、五十両で。……十日後に二十両返していただければ、残りは五十両。それも、おいおい返していただければいいことにしますよ」

「……む、娘を売れということですか」

茂八がとがった声を上げた。

「……まァ、そういうことです。なに、遠いところに嫁にやったと思えばいいんです。娘さんだって、親孝行できるんだ。嫌とはいいませんよ」

「……そ、それぱっかりは……」

茂八のかすれ声が聞こえた後、急に静かになった。

いっときして、首をくるよりましでしょう、という、仁蔵のちいさな声が聞こえた。茂八の返事は聞こえなかった。黙り込んだまま、身を顫わせているのかもしれない。

と、仁蔵が声を大きくしていった。

「……それじゃァ、十日後、娘さんを迎えに来ますから。それまでに、いい含めておいてくださいよ」

つづいて、戸口で複数の足音がした。仁蔵たちが店から出ていくらしい。

そのまま、仁蔵たちは通りへ出たようだ。複数のくぐもった声とともに足音が遠ざかっていく。

弥之助は廃舟の陰から動かなかった。板浜へ帰る仁蔵たちを尾ける必要はなかったのだ。いつの間にか、夜陰が辺りをおおっていた。

弥之助の姿は闇にとけ、まったく見えない。夜陰のなかで、双眸がうすくひかっているだけである。

店のなかから、すすり泣きの声が聞こえてきた。茂八と娘のおそめらしい。おそめは、どこかで父親と仁蔵のやり取りを聞いていて、自分の身が売られることを知ったにちがいない。

弥之助は、いっとき夜陰のなかに身を沈めたまま父娘《おやこ》の泣き声を聞いていたが、足音を忍ばせて廃舟の陰から通りへ出た。

6

岩井は弥之助をつれて、深川佐賀町へむかって歩いていた。

編み笠をかぶり、羽織袴姿で二刀を帯びていた。小身の旗本か御家人がお忍びで外出したような身拵えである。一方、弥之助は半纏に股引姿だった。岩井の後に跟いて歩く姿は中間のように見えた。

弥之助が仁蔵たちを尾けて浜崎屋まで行った翌日だった。

昨夜のうちに、弥之助から事情を聞いた岩井は、

「明日にでも、浜崎屋へ行って、茂八なる者から話を聞いてみよう」

といい、弥之助をつれて出かけてきたのである。

弥之助から話を聞いた岩井は、茂八の娘のおそめが借金のかたに仁蔵に引き取られることを知り、おゆらやお島を連れていったのも仁蔵ではないかと推測した。

そして、このまま放置すれば、おそめも、おゆらやお島と同じような目に遭うのではないかと思った。

ただ、岩井の胸の内には、おそめを助けてやろうなどという殊勝な気持はなかった。

岩井には、茂八から事情を訊けば、おゆらやお島が連れていかれた場所と、仁蔵が金貸しの他に何をしているか分かるかもしれないという期待があったのである。

「お頭、われらのことを仁蔵たちに知らせることになりますが」

弥之助が懸念を口にした。

正体を明かしはしないが、仁蔵たちは岩井と弥之助が事件のことで浜崎屋へ来たことを知るはずである。

「なに、わしらの正体までは知れぬよ」

岩井は気にしないようだった。

浜崎屋に着いたのは、八ツ（午後二時）過ぎだった。戸口に暖簾は出ていたが、まだ客はいないらしく店のなかはひっそりしていた。

暖簾をくぐって土間へ入ると、左手で水を使う音がした。流し場になっていて、女がむこうむきで小桶のなかの瀬戸物を洗っていた。水音のせいで、入ってきたふたりに気付かないようだ。

島田髷に子持縞《こもちじま》の小袖、襷で絞った袖口から白い腕が覗いていた。顔は見えなかったが、若い女らしい。

「娘御、主はおるか」

岩井が声をかけた。

娘が振り返った。色白の豊頬、目元のすっきりした美人だった。歳は十六、七。おそめであろうか。

「いらっしゃいまし」

娘は濡《ぬ》れた手を前垂れで拭《ふ》きながら、慌てた様子で近寄ってきた。岩井を客と思ったようだ。

娘は、上がり框のちかくの板の間に膝を折ると、

「お客さま、おふたりですか」

と、訊いた。その顔に怪訝な色があった。武家が中間ふうの男を連れたまま入ってきたので、不審を抱いたのかもしれない。

「客といえば客だが、あるじの茂八に用があってな。呼んでくれぬか」

岩井は微笑みながらいった。

娘の顔に不安そうな色が浮いた。見ず知らずの武士が、茂八の名を口にしたからであろう。

それでも、娘は、お待ちくださいと言い残し、脇の廊下から奥へ下がった。

いっとき待つと、正面の障子があき、四十がらみの男が娘といっしょに顔を出した。訊かなくても、ふたりが父娘であることは知れた。額のひろい丸顔と細い眉がそっくりだったのである。

「あるじの茂八にございます」

岩井の前に膝を折った茂八は、不安そうに岩井を見上げた。

「酒と肴を用意してもらえるかな。飲みながら話そう」

岩井はおだやかな声音でいった。

「は、はい……」

「案ずることはない。おまえたち父娘を、助けてやろうと思って来たのだ」

「……」

茂八は戸惑うような顔をして、その場から動かなかった。岩井の真意が分からなかったのだろう。

「仁蔵のことだ。悪いようにはせぬ」

「あ、あなたさまは」

茂八が目を剝いた。仁蔵のことまで知っているとは思わなかったのだろう。

「それは、酒を飲みながらにいたそう。上がらせてもらうぞ」

「は、はい、どうぞ」

茂八は慌てて腰を上げると、岩井と弥之助を二階の座敷へ案内した。

ふたりが茶を飲みながらしばらく待つと、茂八とおそめが酒肴の膳を運んできた。

岩井は、茂八だけその場に残るようにいい、

「わしたちの名はいえぬが、北町奉行《きた》所の与力に知り合いがいてな。日本橋の崎田屋の娘のことを聞いたのだ。その話から、仁蔵のことを知ってな、この店が置かれている状況も見当がついたというわけだ」

と、話を切り出した。

岩井に与力の知り合いがいることは嘘ではなかったが、後は適当にいいつくろったのである。

「あの男から、思わぬ借金をいたしまして……」

　茂八は苦渋に顔をしかめていった。

「娘を身売りさせたくないなら、つつみ隠さず話してもらわねばならぬぞ」

「は、はい……」

　岩井を見つめた茂八の目に、すがるような色が宿った。岩井を信じたようである。

「まず、仁蔵と知り合った経緯を話してくれ」

「一度、鳴門屋さんに誘われて柳橋の嘉膳《よしぜん》さんに行ったとき、そこで」

　鳴門屋は日本橋箱崎町にある米問屋で、嘉膳は老舗の料理屋だった。鳴門屋の主人の房兵衛《ふさべえ》は、浜崎屋にときどき顔を見せる客だという。

「仁蔵から金を借りたのは、店のやりくりに困っていたからか」

　岩井は、弥之助の杯に酒をついでやりながら訊いた。弥之助は、ふたりのやり取りに黙って耳をかたむけている。

「いえ、そういうことじゃァ……」

　茂八はいいづらそうに顔をしかめた。

「娘を助けたくないのか」

　岩井が語気を強くすると、

「隠さず、お話しいたします」

そう小声でいって、茂八が話しだした。

茂八によると、嘉膳で仁蔵と会ったとき、いっしょにいた房兵衛が、

「仁蔵さんのところも料理屋をやってましてね。料理もうまいが、他の店にはない趣向があって、極楽を味わえますよ」

と、意味ありげな目をしていった。

茂八はその言葉に誘われ、数日後に房兵衛といっしょに本湊町の浜乃屋に出かけたという。

「そこで、少々羽目をはずしまして……」

茂八は語尾を呑んで、うつむいてしまった。

「何があったのか、話さねば手は貸せぬぞ」

岩井は強い口調で先をうながした。

「は、はい……。浜乃屋の座敷で飲んだ後、裏の離れが極楽になっていると誘われました。行ってみると、吉原にもこれほどの女はいないのではないかと思われるほどの美しい女がおりまして……」

女は天女のような薄物を身にまとい、茂八を歓待してくれたという。

茂八が酒の勢いもあって、女の肌を求めると、女は恥じらいながらも床をともにした。そ

れまで、茂八は岡場所で遊んだこともあったし、吉原に登楼したこともあった。だが、離れての喜悦はいままで味わったことのないものだったという。

「まさに、極楽でございました」

茂八は顔を赭《あか》くして小声でいったが、すぐにその顔から血の気がひいてこわばった。

「それで、どうした」

「はい、一晩の遊び代が十二両でした。まさか、それほど高いとは思わず、七両ほどしか持っていきませんで、五両を仁蔵さんに借りました。……それで、懲りればよかったのですが、女の色香に惑わされ、また、数日して出かけてしまったのです」

そのときも、仁蔵から五両借りたという。

当初は、利息なしで余裕があるとき返せばいいといって、仁蔵は気軽に金を都合してくれた。ところが、七十両、八十両と借金がかさむにつけ、利率が月五厘《りん》、月八厘、と増えていき、とうとう月一分にまでなってしまったという。

「気が付いたときは深みに嵌《は》まり、どうにも首がまわらなくなってしまいました。極楽どころか、借金地獄に堕とされてしまったのです」

茂八は後悔するように声を落としていった。

「それが、仁蔵の手か。……借金のかたにとった娘を遊女にしておるのだな」

岩井にも、仁蔵のあくどいやり方が見えてきた。料理屋を隠れ蓑《みの》にし、遊廓の経営と金貸しとで、客から金を絞り取っているのであろう。

……だが、仁蔵にはまだ見えていない裏がある。

と、岩井は思った。

滝園や原島願次郎とのつながりも見えていなかったし、だれが何の目的で伊賀者の山田伸八郎や御徒目付の有馬八十郎を斬ったのかもはっきりしなかった。

岩井が口をとじて黙考しているのを見て、

「一昨日、仁蔵といっしょに来たふたりは手下か」

と、弥之助が訊いた。

「はい、芝造と松次にございます」

茂八によると、丸顔で眉の濃い男が芝造で、背のひょろっと高いのが松次だそうだ。仁蔵の子分は他に十二、三人いて、手分けして小口の貸し付けや借金の取り立てなどにあたっているという。どうやら、組織的に高利貸しをおこなって金を集めているらしい。

弥之助が口をとじると、

「そ、それで、てまえどもは、どうすれば……」

と、茂八がすがるような目で岩井を見つめていった。

「そうよな。……しばらく、娘を隠しておけるところはないか」

岩井が訊いた。

「隠すといっても……」

「江戸から離れた地がよいが」

「女房の実家が、草加《そうか》の在にございますが」

「そこがいい。しばらく、そこに預かってもらえ」

「借りた金の返済をどうすれば……。仁蔵さんは、手先を使って店を壊すとまでいっているんです」

「娘は女郎になることを嫌がって、好きな男と駆け落ちしたとでもいっておけ。……借金は、ちかいうちにかならず返すからといえばよい」

「しかし、そのような当ては……」

茂八は眉宇《びう》を寄せて泣きだしそうな顔をした。

「大きな声ではいえぬが、仁蔵の許に町方の手が入るかもしれん。私娼はご法度だからな。しばらくの辛抱だよ」

岩井は町方の手が入るとは思わなかった。おゆらやお島の死でさえ、町方はほとんど調べていなかった。それに、仁蔵は大奥や幕府の要職にある者ともつながっているようなのだ。

町方が探索していると知れば、すぐに手を打ってくるだろう。

……この始末は、われら影目付の仕事だ。

岩井は胸の内でつぶやいた。

それから、岩井は半刻（一時間）ほど、弥之助と酒を酌み交わしてから浜崎屋を出た。岩井がこの店に弥之助を同行したのは、日ごろの探索に対して慰労してやりたい気持もあったからである。

7

「あれが、浜乃屋か」

岩井が足をとめて訊いた。

「はい、冠木門の先にあるのが料理屋の浜乃屋です。その奥に、離れがあります」

と、弥之助がいった。

浜崎屋に出かけた翌日だった。岩井が、浜乃屋を見てみたい、といって、弥之助を同行してきたのである。

「料理屋には見えぬな。……身分のある者の隠居屋敷のようだ」

岩井と弥之助は冠木門の前を通り過ぎた。

門扉はしまったままで、なかは森閑としていた。まだ、四ツ（午前十時）過ぎだったので、店はひらいていないのかもしれない。

「裏手にまわってみよう」

岩井と弥之助は、高い板塀の脇の小径をたどって裏手へまわった。ひろい敷地だった。しかも、松、槙、紅葉などの庭木が植え込まれ、板塀の隙間から覗いても密集した葉叢《はむら》が見えるだけだった。外部の者になかの様子を知られないようにそうしてあるらしい。

裏手にも木戸があったが、閂《かんぬき》でもかかっているらしく、あかなかった。

「これでは、探れぬな」

外からは見えなかったし、高い板塀を越えて侵入するのも難しそうだった。

「わたしが、今夜にも忍び込んで探ってみます」

弥之助が小声でいった。

「無理をするな」

岩井がとめた。弥之助の身軽さをもってすれば、侵入できるだろう。だが、一味には剣の手練がいるとみなければならない。下手《へた》に敵のふところに飛び込んで発見されれば、逃げ場を失って捕らえられる恐れがあった。

弥之助は無言だった。双眸がひかっている。岩井の許しはなくとも、忍び込む肚《はら》なのかもしれない。

「それより、手下をひとり捕らえて口を割らせよう」

岩井がいった。

ふたりは裏木戸のそばから離れ、表へ引き返していった。

と、そのとき、木戸がかすかにあいた。隙間からふたつの目が、遠ざかっていく岩井と弥之助の後ろ姿を見つめている。

芝造だった。

芝造は、ふたりの姿が板塀の角をまがって見えなくなると反転し、浜乃屋の方へ足音をたてないようにして走った。

岩井と弥之助は表通りへもどり、ゆっくりした足取りで八丁堀の方へむかっていく。

「捕らえるなら、芝造か松次がよろしいかと」

弥之助が、仁蔵に従っているのはそのふたりが多いことをいい添えた。

「弥之助、茂蔵と左近にも話してな。浜乃屋に忍び込む前に、どちらか捕らえる算段をしてみてくれ」

「承知しました」

そんな話をしながら、ふたりが湊稲荷の脇へさしかかったとき、

「お頭、後ろのやつ……」

弥之助が、小声でいった。

「わしらを、尾けておるか」

岩井も気付いていた。

半町ほど後ろから、町人体の男が三人尾けてくる。芝造と松次、もうひとりも仁蔵の手下だった。

「三人となると、襲う気かもしれんな」

尾けるなら、ふたりで十分だろう。それに、三人は物陰に身を隠すこともせず、しだいに間をつめてきた。

「どうします？」

「返り討ちにいたし、ひとりを捕らえて口を割らせよう」

岩井は手間がはぶけると思った。

だが、岩井の思惑は外れた。三人だけではなかった。前方の稲荷の杜の樹陰に、さらにふたつの人影があらわれた。しかも、ひとりは牢人体である。

山瀬吾八と仁蔵の手下だった。芝造の報らせを受け、岩井たちを討つべく、先まわりして

いたのである。

五人は前後から走り寄ってきた。

「多勢だ！」

いいざま、岩井は手早く袴の股だちを取った。左手は稲荷の杜、右手は町家の板塀だった。

逃げ場はない。

「お頭、わたしが食い止めます。その間に」

弥之助がふところに手をつっ込んで、数個の鉄礫《つぶて》をつかみだした。六角平形、掌大の鉄礫が顔や喉に当たれば、命を断つことさえできる。弥之助は連続して、その鉄礫を放つことができた。だが、腕や袖などを盾にして接近され、刃物を揮《ふる》われると、素手と変わらない弱点もある。

「この場は、逃げよう。わしが牢人の相手をする。弥之助、おまえは鉄礫を打って、他の者の足をとめろ。隙を見て、杜へ逃げるのだ」

岩井が強い口調で指示した。

稲荷の杜には、松、樫、欅《けやき》などが鬱蒼と枝葉を茂らせていた。その林間に走り込み、敵に囲まれるのを避けて戦いながら逃げるより手はなかった。

前後から、男たちがバラバラと走り寄ってきた。岩井は牢人体の男に目をやった。面長の目の細い男だった。身辺に酷薄な雰囲気がただよい、双眸が餓狼のようにひかっている。

……こやつ、殺し屋だ！

岩井は直感した。

「喰《く》らえ！」

弥之助が鉄礫を放った。

ギャッ！　という絶叫を上げて、背後から駆け寄ってきた町人体の男がひとりのけ反った。鉄礫が胸に当たったのだ。

男は胸を押さえて、その場にうずくまった。

脇にいたふたりの男が、驚いたように足をとめた。何が起こったか、分からなかったようである。

「礫《つぶて》だ！　身を低くしてつっ込め！」

前方から迫ってきた山瀬が叫んだ。

8

山瀬は抜刀し、岩井の間近に迫っていた。

岩井も抜き放ち、山瀬に対峙して青眼《せいがん》に構えた。わずかに踵《かかと》を浮かしている。山瀬の初太刀を弾《はじ》き、間のあいた隙に杜へ駆け込むつもりだった。

左右から匕首《あいくち》を手にした男も駆け寄ってくる。いずれも、血走った目をしていた。捨て身で匕首を突いてくる気配がある。

喧嘩殺法だが、侮れない。体ごとつっ込んでくる捨て身の刺撃には、それなりの威力があるのだ。

「受けてみろ！」

叫びざま、弥之助が連続して鉄礫を放った。

大気を裂く音がし、ひとつが左手から来た男の二の腕へ当たり、もうひとつは正面にまわろうとした男の肩先をかすめて後ろへ飛んだ。

腕に当たった男は、短い叫び声を上げたがひるまず、目をつり上げてつっ込んできた。

すばやく、弥之助は背後へ飛びすさる。

そのとき、斬撃の間に迫った山瀬が、斬り込んできた。

……イヤァッ！

鋭い気合を発しざま、八相《はっそう》から袈裟に。

稲妻のような斬撃だった。刃唸りをたてて、岩井の肩口へ切っ先がのびる。

だが、岩井の動きも迅《はや》かった。

間髪をいれず、体《たい》をひらきざま青眼から刀身を鋭く横にはらった、キーン、という甲高い金属音がひびき、岩井の刀身と山瀬のそれが弾き合い、同時に両者の体が左右に飛んだ。

この一瞬の隙を岩井がとらえた。

「弥之助！　走れ」

叫びざま、岩井は稲荷の杜へむかって駆けた。

弥之助も、むかってきたひとりに鉄礫を浴びせ、反転して樹間に飛び込むように走り込んだ。

「逃がすな！　追え」

叫んだのは、芝造だった。

芝造と松次、それにもうひとりの手下も匕首を手にして追ってきた。

山瀬は岩井を追う。

足は山瀬の方が速かった。地を蹴る足音と息遣いが、しだいに岩井の背後に迫ってくる。

岩井は林間へ逃れたが、山瀬の息遣いがすぐ背後で聞こえだした。

……来る！

岩井は背後に痺《しび》れるような殺気を感知した。

刹那、岩井は身をかがめるようにして欅の幹の陰へ飛び込んだ。

背後で地を蹴る音がし、太刀風が頭上をかすめた。

次の瞬間、ガッ、という刀身が欅の幹に食い込む音がし、足音がとまった。山瀬の揮った太刀が、欅の幹に食い込んだのである。

岩井は走った。

振り返らなかった。

心ノ臓が早鐘のように鳴り、胸がふいごのように喘《あえ》いだ。足音と男たちの怒号が、しだいに遠ざかっていく。

岩井は稲荷の祠《ほこら》の裏手まで走り、やっと足をとめて背後を振り返った。追ってくる者はいなかった。

……す、すっかり、体がなまっておる。

ハァ、ハァと荒い息をつきながら、岩井は独り言を吐いた。

いっとき、その場につっ立って、岩井は弥之助の来るのを待ったが、なかなか姿を見せなかった。

……まァ、大事あるまい。

岩井は弥之助が敵の手に落ちたとは思わなかった。

弥之助は敏捷である。逃げ足なら、影目付のなかでも群を抜いている。あるいは、気付かぬうちに先に逃げたのかもしれぬ、と思い、岩井は歩きだした。

八丁堀川にかかる稲荷橋を渡って、亀島町の河岸通りへ出てしばらく歩くと背後で足音がした。

弥之助である。左手で右の二の腕を押さえていた。

「弥之助、どうした」

岩井は足をとめ、弥之助が追いつくのを待って訊いた。

「かすり傷です。匕首をよけそこないまして」

弥之助は、苦笑いを浮かべていった。

半纏の袖が裂けていたが、それほどの出血ではない。

「手は動くか」

「はい、このとおり……」

弥之助は右腕をまわしてみせた。骨や筋まで達するような傷ではないらしい。

「迂闊《うかつ》だったな。むこうも、われらの動きに目を配っていたのであろう」

岩井は歩きながらいった。

「芝造と松次が、いたようです」

弥之助が、浜崎屋の茂八から聞いたふたりの人相風体を口にした。

「牢人は何者であろうな」

遣い手だった。あのまま立ち合っていたら、斬られていたかもしれないと思った。

「分かりませぬ。仁蔵の用心棒と思いますが」

「いずれにしろ、侮れぬ相手だな」

前方を見すえた岩井の顔が、いつになくけわしかった。

第四章　首魁

1

川風があった。

大川の川面を渡ってきた風のなかに、肌にまとわりつくような湿気があった。灌木の葉叢が、さわさわと揺れている。

本湊町の大川沿いの路傍の灌木の陰に、弥之助と茂蔵がひそんでいた。ふたりの目は、一町ほど先にある浜乃屋の冠木門にそそがれたままである。

暮れ六ツ（午後六時）過ぎだった。あたりを夕闇がつつんでいる。ふたりは、闇に溶ける茶の筒袖と同色の細いたっつけ袴に身をつつんでいた。芝造か松次を捕らえるために、この場に張り込んでいたのである。

「出てきませんねえ」

茂蔵が小声でいった。

門はあいたままだったが、目的のふたりは姿を見せない。

夕方だけだったが、ふたりがここに張り込むようになって三日目だった。仁蔵の手下は大勢出入りしたが、肝心の芝造と松次はなかなか姿を見せなかった。一度、ふたりが店から出てくるのを目にしたが、数人の仲間がいっしょだったので捕らえるのを断念した。その後、ふたりの姿を目にしていなかった。

「今日も、無駄骨かもしれませんよ」

ぼやくように、茂蔵がいったときだった。

「亀田屋さん、駕籠《かご》が来ますぜ」

と、弥之助がいった。

弥之助は茂蔵のことを名ではなく、屋号で呼んでいた。

権門《けんもん》駕籠だった。身分のある武士の乗る駕籠である。陸尺《ろくしゃく》の他に、袴の裾を端折った供侍がふたりついていた。

「何者だろう」

茂蔵が声をひそめていった。

「ただの客とは思えねえが……」

弥之助は、岩井以外の相手には町人ふうの口をきいた。

「もう一挺《ちょう》、来ますよ」

さっきより豪壮な権門駕籠だった。今度は、駕籠の前後にふたりずつ、四人の供侍がついていた。

「ふたりとも、身分のある旗本でしょうな」

茂蔵は冠木門に目をそそいだままいった。

それから、半刻（一時間）ほどして、冠木門から町人の男がふたり姿を見せた。

「松次だ！」

弥之助が声を殺していった。

辺りは夜陰につつまれ、顔ははっきりしなかったが、そのひょろりとした長身に見覚えがあった。まちがいなく松次である。

もうひとりは、大柄な男だった。芝造ではない。仁蔵の手下のひとりであろう。

「やりやすか」

弥之助が訊いた。

「やりましょう」

ひとりではなかったが、この機会を逃す手はなかった。

松次と大柄な男は、弥之助たちの前を通り、湊稲荷の脇の通りを京橋の方へむかっていく。

弥之助と茂蔵は灌木の陰を離れた。

樹陰や町家の軒下などの闇溜りをつたって、松次たちの跡を尾けていく。

前を行く松次たちは、八丁堀川に沿って歩いていた。頭上で十六夜《いざよい》の月が皓々とかがやき、ふたりの姿を浮き上がらせていた。

右手は川の土手で、群生した葦《あし》や芒《すすき》などが川風になびいていた。左手は板戸をしめた小体な町家が軒を連ねている。

静かだった。辺りに人影はなく、遠方に提灯の明りがひとつ見えるだけである。

左手の町家の間に路地があった。

「弥之助、路地をたどって前へまわってくれ」

「承知」

弥之助は、身をひるがえし脇の路地へ走り込んだ。

疾走する姿は夜走獣のようである。見る間にその姿が闇に溶けていく。

ひとりになった茂蔵は、すこし足を速めて松次たちとの間を詰めた。

茂蔵が二町ほど尾けたとき、前を行く松次たちのさらに前方の路傍で、かすかに人影の動くのが見えた。弥之助である。

茂蔵は駆けだした。六尺ちかい偉丈夫だが、意外に足は速かった。その足音が、静寂を破ってひびいた。

松次が振り返った。そのとき、もうひとりの大柄な男が、兄貴、前からも！　と声を上げた。慌てた様子で、松次がふところから何か取り出した。

その手元が月光を反射《はね》て、皓《しろ》くひかった。匕首である。

大柄な男も、匕首を取り出した。相手がふたりと見て、逃げずにやり合う気のようだ。

「てめえら、どこの者《もん》だ！」

松次がひき攣ったような声を上げた。

顎のとがった鼻梁の高い男だった。目がつり上がり、般若《はんにゃ》のような顔をしている。

松次は腰を低くして身構えた。激昂《げっこう》しているらしく、構えた匕首が笑うように揺れていた。

茂蔵は素手のまま松次と対峙《たいじ》し、すこしずつ間合を詰めていった。茂蔵は柔術と捕手を主に編まれた制剛流の達人だった。武器はいらないのである。

弥之助は大柄な男の正面に走り寄った。右手に匕首を持っていた。相手がひとりなので、鉄礫ではなく、匕首を遣うようだ。

茂蔵は間合がせばまると両腕を前に突き出した。丸太のように太い腕である。茂蔵は松次を殺さずに捕らえるつもりだった。

細い目がひかり、顔が怒張したように赭黒く見えた。茂蔵の恵比寿のような福相が、憤怒の形相に変わっている。

ある。


「野郎、死ね！」

叫びざま、松次が匕首を突き出した。

サッ、と体《たい》をひらいてその切っ先をかわしざま、茂蔵は右手を鋭く振り下ろした。手刀である。

次の瞬間、ギャッという叫び声とともに松次の匕首が虚空に飛んだ。手刀が松次の手首をとらえたのである。

間髪をいれず、茂蔵の巨軀が前に飛び、体が松次に密着したと見えた瞬間、長身の松次の体が撥《は》ね上がり、弧を描いて地面にたたきつけられた。制剛流で腰車《こしぐるま》と呼ぶ投げ技である。

すかさず、茂蔵は仰向けに倒れた松次に当て身をくれた。

グッ、と喉の詰まったような呻《うめ》き声を上げ、松次の体がぐったりした。意識を失ったようである。

茂蔵はすばやくふところから手ぬぐいと細引きを取り出し、松次に猿轡《さるぐつわ》をかませ、後ろ手にしばり上げた。

「亀田屋さん、こっちも片付きやしたぜ」

弥之助が茂蔵のそばに来ていった。

頬がどす黒く染まっていた。返り血を浴びたらしい。

「仕留めたのか」

「こっちの男に用はねえんで、片付けやした」

当初から、松次か芝造の他に仲間がいた場合は、始末するつもりだったのだ。

「長居は無用だ」

茂蔵が松次を軽々と担ぎ上げた。

「亀田屋さんは、先に行ってくだせえ。あっしは、こいつを川に流してからいきやす」

そういうと、弥之助は路傍に転がっている大柄な男の死体の足を持って川岸の方へ引きずった。

茂蔵は松次を担いだまま、八丁堀川沿いに浪よけ稲荷の方へ走った。捕らえた者を運ぶために、稲荷のそばの桟橋に猪牙舟が用意してあったのである。

2

拷問蔵《せめぐら》に三人の男が立っていた。岩井、茂蔵、弥之助である。その三人の足元に、猿轡をかまされた松次が蒼《あお》ざめた顔で横たわっていた。

拷問蔵は、亀田屋の敷地の奥に建っていた。この蔵は、茂蔵が亀田屋を始める前からあった古いもので、屋根瓦は落ち、漆喰《しっくい》壁の一部はくずれていた。

当初、奉公人たちはこの蔵を壊し、買い取った商品を保管するために新しい蔵を建てるよう茂蔵に進言したが、茂蔵は、

「なに、古い家具や瀬戸物類などはしまえます」

といって、そのまま残し、新しい蔵は別の場所に建てた。

茂蔵の肚は、この荒れた蔵を、捕らえた男を拷問したり監禁したりする場所に使うつもりだったのだ。

茂蔵は大工を入れて床を張り直し、外から覗けないようにした。そして、蔵には錠をかけ、鍵は茂蔵が保管した。その後、奉公人たちが蔵を利用することはなく、そのまま放置されていた。

その蔵が、影目付たちに拷問蔵として使われていることなど、奉公人たちは思ってもみなかった。

百目蠟燭《ひゃくめろうそく》の火が、漆黒の闇のなかでゆらいでいた。三人の男たちは、それぞれ凄味のある顔で、足元の松次を見つめている。

「松次、おまえに訊きたいことがある」

岩井が低い声でいった。

岩井も、ふだんの人のよさそうな茫洋《ぼうよう》とした顔ではなかった。陰影の濃い顔は亡者のような幽愁を刻み、双眸だけが蠟燭の火を映して熾火のようにひかっている。

茂蔵が松次の身を起こし、猿轡を取った。

「て、てめえら、何者だ」

松次が声を震わせていった。恐怖に顔をゆがめ、体を激しく顫わせている。

「われらは、闇に棲む亡者よ」

「亡者だと……。狙いは金か」

松次は目を剝いたまま訊いた。

「話を聞くのは、われらだ」

「……………！」

「おまえが仁蔵の手下であることは分かっている。仲間に牢人者がいるな。まず、そやつの名から訊こうか」

「し、知らねえ」

松次はひき攣ったような声を上げた。血走った目には、憎悪と反抗の色があった。

「松次、ここがどこか分かっているのか。拷問蔵だ。われらの拷問《せめ》は、町方の比ではないぞ」

岩井は抑揚のない低い声でいった。ゾッとさせるようなひびきがある。

「牢人の名は」

「……知らねえ」

松次は激しく首を横に振った。

「しゃべらねば、痛い目をみることになるが……。茂蔵、すこし拷問《せめ》てみよ」

岩井が指示すると、茂蔵が松次の後ろへまわり、

「叫び声が聞こえるかもしれませんのでね」

そういって、あらためて猿轡をかませた。

茂蔵はそばにあった小簞笥《こだんす》から細い棒状の物を数本取り出し、これが分かるか、といって、松次の鼻先に示した。

「畳針だよ。これを、指先の爪の間に一本ずつ刺すのだ。……これが、痛い。いままでに、三本以上耐えた者はいない。おまえは、何本耐えられるかな」

茂蔵がくぐもった声でいった。

その福相が豹変《ひょうへん》していた。糸のような細い目がひかり、口元に冷酷な嗤いが浮いている。

ゾッとするような顔だった。

茂蔵が左手で松次の右足を握ると、すぐに弥之助が松次の後ろにまわって肩口を押さえた。

「さァ、いくぞ」

茂蔵は、足を押さえた手に力をこめた。太い腕には、万力のような力がある。

そして、ゆっくり親指の先に針を近付けていく。そうした方が指先に意識が集中して、痛みと恐怖が増すのである。

爪の間に針が刺さると、松次は猿轡の間から呻き声を洩らし、身を反らせ、狂乱したように体をよじった。

「どうだ、どうだ」

茂蔵はすこしずつ針を差し込んでいく。

松次は目尻が裂けるほど目を剝き、額に脂汗を浮かせ、激しく首をふりまわした。元結《もとゆい》が切れ、ざんばら髪がバサバサと揺れ動いた。

「しゃべる気になったかな」

茂蔵は三分《ぶ》ほど刺し込んで、針を抜き、松次の顔を覗き込むように見た。その目が残忍なひかりを宿していた。

松次は激しく肩で息をしていた。土気色をした顔が脂汗でひかっている。

「もう一本いくか」

そういって、茂蔵が松次の足をつかんだときだった。

松次が首を横に激しく振り、つづいて前に首を折った。しゃべる、という意思表示である。

「そうか。初めからしゃべれば、痛い目をみずにすんだのにな」

茂蔵が針を小簞笥にしまうと、背後にいた弥之助が、松次の猿轡を取った。

松次は肩を震わせながら、荒い息を吐いている。

「あたらめて訊く。牢人の名は」

岩井が松次の前に立った。

3

「や、山瀬吾八さま」

松次が喘ぎながらいった。

「山瀬……」

岩井は山瀬の名を知らなかった。茂蔵と弥之助に目をやると、ふたりとも首を横に振った。

やはり、知らないらしい。

「どこに、住んでおる」

「日本橋瀬戸物町の長屋だそうで」

「そう言えば、長屋の名は」

「そ、そこまでは知らねえ」

松次は声を詰まらせていった。嘘ではないようだ。

「山瀬が、伊賀者の山田伸八郎や御徒目付の有馬八十郎を斬ったのであろう」

「そうだ……」

松次の顔に畏怖するような表情が浮いた。岩井の物言いに、身分のある武士だと気付いたようだ。

「もうひとり、仲間に武士がおろう」

岩井は、左近から有馬と供の若党を斬ったのは別人と聞いていた。いずれも、遣い手だという。

「もうひとり、といいやすと」

「小網町で有馬を斬ったとき、いっしょにいた男だ」

「……高村さまで」

「高村だと。そやつも牢人か」

岩井は高村の名にも覚えがなかった。

「いえ、原島さまのご家臣でして」

「原島！　原島願次郎か」

岩井の声が大きくなった。

「そ、そうで……」

松次の顔に困惑の色があった。岩井の反応に、重大なことをしゃべったと感じたのかもしれない。

……つながった！

と、岩井は思った。

大奥の滝園、御小納戸頭取の原島願次郎、高利貸しの仁蔵がつながったのである。ただ、かかわりがありそうだと分かっただけで、どのような関係で何のために結びついているのかは、まだ闇のなかである。

「山田伸八郎は、何のために斬った」

岩井の声に詰問するようなひびきがくわわった。

「し、知らねえ。……親分に、呼び出して斬れ、といわれただけだ」

「有馬八十郎は」

「やつは、原島さまのことを嗅ぎまわってるので、消した方がいいといわれて」

「やはり、そうか」

岩井の推測どおりだった。有馬は原島の不正を探っていて殺されたのである。

「おゆらとお島を、知っているな」

「ああ……」

「殺したのか」

岩井は入水に見せた殺しだろうと思っていた。

「そうだ。……だが、殺ったのはおれじゃァねえ。兄貴たちだ」

兄貴とは芝造のことのようだ。

松次によると、浅草寺に参詣したおゆらを拉致《らち》し、浜乃屋の離れに閉じ込めて身を売らせたという。

「借金のかたに取ったわけではあるまい」

岩井は、おゆらが行方不明になった後、父親の助左衛門が取り乱しておゆらの行方を探していたという話を聞いていた。借金のかたなら、行方を探したりはしないはずである。

「初めは、借りた金を返すために身を売れといったんだが、父親が承知しねえ。それでひっさらったんでさァ」

「おゆらを連れ去ったのには、何かわけがあろう」

岩井は、遊女にするためだけでなく、滝園とのかかわりがあるはずだと思った。

「あっしには分からねえが、原島さまが、おゆらをさらってこい、といいやしたんで」

松次が、首をすくめていった。

おゆらは滝園に仕えていた御次である。滝園には他人に知られたくない秘事があり、それを知られたおゆらの口を封じる必要があったのではあるまいか。そのため、おゆらを連れ去って監禁したのであろう。

「それで、どうした」

「へい、あの女には手を焼きやしてね」

日が経つにつれ、おゆらは過酷な暮らしに辛抱しきれなくなり、隙を見ては浜乃屋から逃げ出そうとした。そこで、口封じと他の女への見せしめのために殺害して大川に流したという。

「体に傷がなかったと聞いているが」

岩井が訊いた。

「それは、町方の目を逃れるためでさァ。盥に水を張り、頭を押さえつけて水を飲ませ、入水にみせかけたと聞いてやす」

「お島は」

「あの娘も、似たようなもんでさァ」

お島は、二度逃げ出そうとした。それで、おゆらと同じように殺したという。

「うむ……。それで、いま離れには何人の女が閉じ込められているのだ」

「三人でさァ。みんな、借金を返《けえ》すために身を売った娘で」

「そうか」

仁蔵という男は、金儲《もう》けのためには何でもやる男のようである。仁蔵は借金のかたに娘たちを身売りさせ、離れに閉じ込めて肌を売らせていたのである。しかも、その客に言葉巧みに金を貸し付け、しだいに利率を上げて金を絞り取っていたのだ。

岩井は、何とか娘たちを解放してやろうと思った。身売りといっても、仁蔵の罠《わな》に嵌まって借金を重ね、その返済のために売られた娘たちである。

「ところで、仁蔵と原島のかかわりは何だ。大身の旗本と金貸しが結び付くには、何かわけがあろう」

岩井は声をあらためて訊いた。

「親分が中間をしているとき、原島さまと知り合ったと聞いておりやすが」

「それだけではあるまい」

原島の家臣が、仁蔵の用心棒といっしょに有馬と若党を斬っているのである。

仁蔵には有馬を殺す理由がなかった。原島が有馬の斬殺を指示したはずである。それを受けて仁蔵が動いたのである。それだけのことをやるからには、仁蔵と原島の間に何か強いかかわりがあるはずなのだ。

「あ、あっしには、分からねえ……」

松次の声に怯《おび》えるようなひびきがあった。隠し立てしているようには見えなかった。

岩井が口をとじて沈思していると、

「昨夜、浜乃屋に駕籠で来た武士がいたな。あれは、だれだ」

と、茂蔵が訊いた。

浜乃屋に入った駕籠のことはすでに茂蔵から岩井に伝えられていたが、岩井の尋問が途絶えたので、茂蔵が口にしたのだ。

「原島さまで」

「先に来たのが、原島か」

「そうで」

「後の駕籠は」

「名は分からねえ。親分や原島さまは、御前さまと呼んでいやす」

「御前さまだと」

岩井が松次の方に顔をむけた。

……何者であろう。

その呼び方からして、かなり身分の高い者である。岩井の脳裏に、水野忠成のことが浮かんだ。

だが、忠成は将軍の寵愛を受けている若年寄である。いかに、お忍びであれ、たった四人の供連れで、夜分、料理屋などに姿をあらわすはずはなかった。

……御側衆か。

岩井は、信明が原島の後ろ盾として滝園と忠成、それに名は口にしなかったが、御側衆のことを話したのを思い出した。

……まだ、見えてない首魁《しゅかい》がいるようだ。

岩井は背筋を冷たい物で撫でられたような気がした。原島や仁蔵の上にさらに大物がひそんでいるようなのだ。

岩井が闇を見つめて考え込んでいるのを見て、

「あっしの知ってることは、みんな話しやした。これで、帰らせていただきやすぜ」

といって、松次が立ち上がった。

両手は後ろで縛られていたが、足は自由になったのだ。

「送ってやろう」

そういって、岩井が茂蔵に目配せした。

「いえ、てめえの足で帰《けえ》りやすので。縄だけ解いてくだせえ」

「いいだろう」

茂蔵がそういうと、松次はぺこりと頭を下げ、後ろ向きになって茂蔵の方に縛られた両手を差し出した。

そのときだった。ふいに、茂蔵が太い腕を松次の首にまわした。

「冥途へ、送ってやるといったのよ」

そういいながら、茂蔵は万力のような力で絞め上げた。

松次は呻き声も洩らさなかった。茂蔵の腕から逃れようとして身をよじっただけである。

茂蔵の顔がわずかに怒張したとき、頸骨《けいこつ》の折れる鈍い音がした。

ガクリ、と松次の首が前にかしいだ。

4

「旦那、いらっしゃい」

お静《しず》が、暖簾をくぐって入ってきた岩井を目にして声をかけた。

お静は柳橋の料理屋、菊屋の女将《おかみ》だった。

岩井は菊屋の料理と落ち着いた雰囲気が気に入って、御目付の職にあったころから馴染みにしていたのである。

「お蘭を呼んでもらえるかな」

岩井はすぐにお蘭の名を口にした。

岩井の来店の目的はお蘭と会うことだった。お蘭のいる置屋は菊屋にちかいので、呼んでもらうにも都合がよかったのだ。

「はい、はい、すぐにお呼びしますよ。お蘭さん、ちかごろ旦那が見えないので、気を揉んでましたよ」

お静は愛想をいいながら、岩井を二階の桔梗《ききょう》の間に案内した。

桔梗の間は四畳半で狭いが、離れのようになっていて静かな部屋だった。お蘭を呼ぶときには、いつもその部屋を頼んでいたので、お静は気を利かせたようだ。

お静を相手に、小半刻（三十分）ほど飲んでいると、廊下を歩く衣擦れの音がし、お蘭が姿を見せた。

藤紫地に縞柄の小袖、葡萄唐草《ぶどうからくさ》の帯。裾から緋色の蹴出《けだ》しが覗き、派手さはないが粋《いき》で婀《あ》娜《だ》っぽい姿である。

お静が、後は頼みましたよ、といい置いて座敷から出ると、

「旦那、おひとつどうぞ」

といって、お蘭は銚子を取り、岩井に身を寄せた。脂粉の甘い匂いがし、すこし上気した胸元の桃色の肌が何とも色っぽい。影目付といっても、お蘭は他の芸者と何のちがいもないのである。

「どうだ、変わりないか」

杯に酒をついでもらいながら、岩井が訊いた。

「なんにも。変わったことといえば、このところ旦那が来てくれないことぐらい」

お蘭はすねたように口をとがらせた。

「いろいろあってな。お蘭も、飲め」

岩井が銚子をむけると、お蘭は杯をとった。お蘭は酒が強く、酔って醜態をさらすようなことはなかった。

「おゆらさんのことで、何か知れましたか」

杯を飲み干して、お蘭が訊いた。

「だいぶ、様子が知れてきたぞ」

岩井はいままで調べたことをかいつまんでお蘭に話してやった。

お蘭は驚いたような顔をして聞いていたが、おゆらたちが浜乃屋で遊女として働かされていたことを知ると、

「あたしも、浜乃屋の噂は耳にしたことがありますよ」

と、顔をしかめていった。

「噂とは」

「浜乃屋には吉原のような遊女がいると、お客さんが話していたのを聞いたんです」

「それだけか」

「はい、綺麗どころがそろっていて、柳橋や深川の芸者も顔負けだなどと、あたしに当てつけをいってましたよ」

「そんなことがあるものか。お蘭には吉原の花魁《おいらん》だってかなわぬぞ」

「嘘でも、そういってもらえると嬉しい」

お蘭は肩先を岩井の胸元に寄せて、甘えるような声を出した。

「ところで、お蘭、仁蔵や原島の噂は聞いてないか」

岩井は声をあらためて訊いた。

浜崎屋の主人の茂八が、柳橋の嘉膳で仁蔵に会ったと口にしていたので、仁蔵や原島は柳橋の料理屋も利用しているのではないかと推測したのだ。

「さァ」

お蘭は首をひねった。

「嘉膳で、日本橋の鳴門屋や深川の浜崎屋などと会っていたようなのだがな」

「嘉膳さん。……そういえば、お吉《きち》さんが浜乃屋の主人の席についたことがあるっていってたかもしれない」

お蘭は虚空に目をとめて記憶をたぐるような顔をしていた。

お吉というのは、お蘭の芸者仲間である。

「お蘭、頼みがある」

岩井が声を低くしていった。

「なんですねえ、水臭い。あたしも、旦那の配下のひとりじゃァないですか。茂蔵さんたちと同じように、指図してくださいよ」

「そういってもらえると有り難い。仁蔵と原島のかかわりが知りたいのだ。それに、御前さまと呼ばれている人物がいる。そやつの正体が知りたい」

御前さまと呼ばれる男が高貴な身分の者なら、柳橋の料理屋や料理茶屋に姿を見せるとは思えないが、原島や仁蔵は来るような気がした。

「来るとすれば、嘉膳さんでしょうね」

「そうかもしれん」

「柳橋に来れば、探り出しますよ。あたし、お吉さんと懇意にしてるから頼んでおきます」

お蘭によると、お吉は嘉膳に来る客に馴染みが多く、頻繁に出入りしているとのことだった。

「無理をするな」

仁蔵という男は残忍な男だった。お蘭が探っていると知れば、生かしてはおかないだろう。

「だいじょうぶ。あたしには、旦那がついてるんだから」

お蘭はそういうと、銚子を取って岩井の杯についだ。

それから、一刻（二時間）ほど、岩井はお蘭を相手に飲んで菊屋を出た。

岩井はお蘭を抱かなかった。すでに、情を通じた仲だったが、お蘭が影目付として動くようになってから、岩井はあまり肌を合わせなかった。

馴染みの芸者としてより、頼りになる配下としてお蘭を見るようになったからかもしれない。それに、岩井は影目付の仕事に男女の情をさしはさみたくなかったのである。

お蘭もそのことに不満はないようだった。もともと、親子ほど歳のちがう岩井に、お蘭は色恋とはちがう父親に対するような情愛を見せていたのだ。

……いい月だ。

菊屋から出ると、頭上に満月があった。

岩井は人影のない夜道を歩きながら、いつか、お蘭にも所帯を持たせてやらねばならぬな、とひとりごちた。

5

佳枝は風呂敷包みを解くと、格子縞の袷を取り出し、

「おまえさま、立ってくださいな」

と、部屋の隅に寝そべっていた山瀬に声をかけた。

「どうしたのだ、その着物は」

立ち上がりながら、山瀬が訊いた。初めて見る袷である。

「古着屋に、おまえさまに似合いそうなのがあったので、この前いただいたお金で……」

山瀬のために買った着物の丈《たけ》を見たいらしい。

佳枝は立ち上がった山瀬の背後にまわり、両肩に着物を当て、ちょうどいいですよ、と嬉しそうにいった。

「なんだ、おれの着物を買ったのか。おまえの物を買うために渡した金なのに」

山瀬は苦笑いを浮かべた。

いつもそうだった。佳枝は、自分の物を買う前にまず山瀬の物を買う。食事もそうだった。まず、山瀬の好む物を用意し、自分の好き嫌いを口にすることもない。

無理をして、そうしているわけでもなかった。佳枝は山瀬の喜ぶ顔を見るのが嬉しいらしいのだ。

夫婦になって九年になる。この間、夫婦で辛酸を嘗《な》めてきたが、佳枝は若いころとすこしも変わらず、山瀬に尽くしてくれた。

そんな佳枝を見ると、山瀬はいまでも、愛しい、と思う。

……櫛でも買ってやろう。

山瀬は胸の内でつぶやいた。簪《かんざし》は、恥ずかしがって挿さないだろうと思ったのだ。

その日、午後になって、山瀬は長屋を出た。向かった先は、本湊町の板浜である。途中、日本橋室町の小間物屋に立ち寄った。

「大年増《おおどしま》だ」

と、山瀬が照れたような顔でいうと、

「これなどは、どうでしょうか」

小間物屋の主人は、梅花を彫った黄楊《つげ》の櫛をすすめた。

「それでよい」

山瀬には櫛を見る目はなかったし、佳枝にどんな櫛が似合うのかも分からなかったのだ。

山瀬は櫛をふところに入れて、浜乃屋の冠木門をくぐった。

奥座敷に三人の男がいた。仁蔵と芝造、それに弥太《やた》という赤ら顔の三十がらみの男だった。

弥太も仁蔵の手下のひとりである。何か憂慮することでもあるのか、三人の顔色はさえなかった。

「松次はどうした？」

山瀬が訊いた。いつも、芝造といっしょにいる松次の姿がなかった。

「それが、どうも、殺られちまったらしいんで」

芝造が、ここ三日、帰ってこねえんで、といい添えた。

「相手は？」

「はっきりしねえが、あっしらのことを探ってるやつらじゃァねえかと」

芝造の話によると、得体の知れない男たちが、崎田屋、浜崎屋、それに浜乃屋のことも嗅ぎまわっているという。

「町方ではないのか」

「ちがいますな。一味には身分のありそうな武士もいます。……浜崎屋では主人に知恵をつけたらしく、娘をどこかへ隠してしまいましてね。思惑がはずれましたよ」

仁蔵が苦々しい顔でいった。

「この前、ここを探りに来たふたり組か」

山瀬がいった。

湊稲荷のちかくで岩井と弥之助を襲ったのは、芝造と山瀬たちだった。

「あのふたりも、仲間のようです」

「あやつら、目付ではないかな」

山瀬は、御徒目付か、御小人目付ではないかと思っていた。

「それが、御目付でもないようでしてね。原島さまにお話ししましたら、始末した有馬八十郎の他に目付が探っている様子はないとおっしゃられましてね。……どうやら、別の者たちのようなんで」

「何者だろう」

山瀬にも見当がつかなかった。

それに、武士と一合しただけだったが、尋常な腕ではない、と山瀬は見ていた。互角、あるいは、むこうが上かもしれないとさえ感じたのである。

「それに、松次だが、始末されただけならいいんですがね」

仁蔵が顔をしかめていった。

「何か懸念があるのか」

「大柄な男が松次らしい男を担いでいくのを見たやつがおりましてね。口を割らせるために連れ去ったんじゃァありませんかね」

「うむ……」

そうかもしれん、と山瀬は思った。

となると、何者かは分からないが、松次の口から仁蔵や自分たちのことをつかんだであろう。

「それで、相手の見当もつかんのか」

山瀬が訊くと、それまで黙って話を聞いていた弥太が口を挟んだ。

「ふたりだけ、正体が知れてますぜ」

「何者なのだ」

「ひとりは亀田屋茂蔵。もうひとりは宇田川左近という牢人でして」

弥太によると、崎田屋に探りに来た大柄な男の跡を尾け、京橋にある亀田屋という献残屋の主人であることをつかんだという。

さらに、他の仲間の手も借りて茂蔵を尾けると、宇田川と同行することが多く、ふたりでおゆらやお島のことを探っていたことが分かった。

「宇田川という男は、牢人なのか」

山瀬が念を押すように訊いた。

「へい、裏店《うらだな》に住む貧乏牢人で」

「この前の武士とは、ちがうようだな」

夜陰のなかだったのではっきりしなかったが、その身装《みなり》から見て、牢人でないことは確かだった。それにいっしょにいた鉄礫を遣う男は、中背で痩身だった。大柄ではない。となると、茂蔵と宇田川は、この前のふたりとは別人ということになる。

「相手は何人もいるようだな」

「はい……。いずれにしろ、わたしらの敵であることはまちがいないでしょう。原島さまは、始末しろ、とおおせでしたよ」

山瀬を見つめた仁蔵の双眸が、熾火のようにひかっていた。

6

「だ、旦那、来やすぜ」

駆け込んできた弥太が、息を弾ませていった。

京橋、水谷町にある土蔵の陰に三人の男がいた。山瀬、芝造、それに高村栄之助である。三人は、茂蔵と左近を始末するつもりで、土蔵の陰に身を隠していたのだ。

土蔵は亀田屋から一町ほど離れた八丁堀川沿いにあった。潰れた乾物問屋の古い土蔵で、人目を避けて亀田屋を見張るにはいい場所だった。

弥太と芝造が交替で亀田屋を見張り、二刻（四時間）ほどが過ぎていた。すでに、辺りは暮色に染まり、東の空には三日月が浮かんでいた。近くの桟橋に荷を下ろす人足の掛け声がさっきまで聞こえていたが、いまは静寂が辺りをつつんでいる。

「茂蔵ひとりか」

山瀬が訊いた。

「いえ、宇田川もいっしょで」

弥太によると、ふたりは亀田屋を出て、八丁堀川沿いの通りを大川の方へむかっているという。

「浜乃屋を探りに行くつもりですぜ」

芝造がいった。

「先まわりして、中ノ橋辺りで仕掛けるか」

山瀬が高村に訊いた。

中ノ橋というのは八丁堀にかかる橋で、その付近は町家がとぎれ、人目に触れずに襲撃するにはいい場所だった。

「いいだろう」

高村がうなずいた。

すぐに、四人はその場を離れ、細い路地をたどって中ノ橋の方へ走った。

「この辺りが、よかろう」

中ノ橋のたもとちかくで、山瀬が足をとめた。

左手は八丁堀川の土手で、右手の空地には雑草と笹が生い茂っていた。町家が半町ほど先にあったが、すでに板戸をしめている。

通りに人影はほとんどなかった。遠方に、ぼてふりらしい男の姿が見えるだけである。

「二手に分かれ、挟み撃ちにしよう」

山瀬の言葉に、他の三人はすぐに同意した。

山瀬と弥太が橋のたもとに、高村と芝造が笹藪のなかに身を隠すことになった。

四人が身をひそめて、いっときすると、京橋の方からこっちへ歩いてくるふたつの人影が見えた。

「来やした！」

弥太が橋のたもとの樹陰から首を伸ばしていった。

見ると、六尺はあろうかと思われる偉丈夫の町人と総髪の牢人が歩いてくる。

暮色が辺りをつつんでいたが、頭上の空にはまだ青さが残っていて、近付いてくるふたりの顔を白く浮き上がらせていた。

「侮るな、できるぞ」

山瀬は、ふたりのひきしまった体軀と腰の据わりから、いずれも武芸で鍛えた体であることを見てとった。

「おれとおまえで宇田川をやる。茂蔵は高村たちにまかせよう」

「へい」

弥太がこわばった顔でいった。気が昂《たかぶ》っているらしく、目がつり上がっている。

ふたりが十間ほどに近付いたとき、山瀬が飛び出した。つづいて、弥太が。

弥太は土手際を走って、左近の左手にまわり込んだ。すでに、ふところから匕首を抜いている。

「仁蔵の手の者だな」

茂蔵が声を上げた。

そのとき、笹藪に身を隠していた高村と芝造が通りへ駆け出し、茂蔵たちの背後に迫ってきた。

「挟み撃ちか」

左近が抑揚のない声でいった。

「うぬは、おれが斬る」

そういって、山瀬が左近に対峙して立った。

背後から駆け付けた高村が茂蔵の前に立ち、背後に芝造がまわり込んだ。芝造は匕首をにぎって身構えていた。血走った目が、獲物に迫る野犬のようである。

「うぬが山瀬吾八か」

左近がいった。

山瀬の顔に驚愕《きょうがく》の色が浮いた。まさか、名まで知られているとは思わなかったようだ。

だが、山瀬はすぐに動揺を抑え、

「生かしておけぬな」

と、つぶやいて抜刀した。

左近も刀を抜き、すばやく右手の川岸へ身を移した。背後からの攻撃を避けるためと、茂蔵に触れずに刀が揮えるだけの間を取ったのである。

山瀬は切っ先で天を突くように刀身を立てて高く構えた。上段にちかい八相である。この構えから、敵との間合を一気に詰め、袈裟に斬り下ろすのを得意技としていた。

対する左近は、青眼だった。ゆったりとした構えである。山瀬の左目につけられた切っ先に、そのまま突いてくるような威圧があった。

……こやつ、できる！

山瀬は、身震いした。

切っ先の向こうに、左近の体が遠ざかったように見えた。それでいて、巌《いわお》で押してくるような威圧がある。

強敵だった。

7

……大樹のようだ！

と、左近は思った。山瀬の大きな八相の構えが、大樹のようにおおいかぶさってくるように感じたのだ。

あの構えをくずさねば、斬り込めぬ、と察知した左近は、剣尖《けんせん》に気魄《きはく》を込めて攻めた。気《き》攻《ぜ》めである。

対する山瀬も全身に気勢をみなぎらせ、気魄で攻めてきた。

両者の間合はおよそ三間。一足一刀の斬撃の間の外である。

両者は塑像のように動かなかった。痺れるような剣気が辺りをつつんでいる。どれほどの時間が経過したのか。ふたりに時間の意識はなかったであろう。

チリ、と趾《あしゆび》で小石を踏む音がした。

その音に誘われたように、山瀬の剣尖が動いた。わずかに腰が沈み、全身が膨れ上がったように見えた。

……来る！

左近は山瀬の斬撃の気配を察知し、切っ先をかすかに上下させた。反応を迅くするためである。

イヤアッ！

裂帛の気合を発し、山瀬が一気に身を寄せてきた。

山瀬の刀身が閃光を放った。

高い八相から、左近の左肩へ。迅雷の袈裟斬りである。

間髪をいれず、左近が青眼から刀身を撥ね上げ、刀身を返して横に払った。一瞬の反応である。

キーン、という甲高い金属音がひびき、夜陰に青火が散った。

ふたりの体が疾風のように交差し、三間ほどの間合を取って反転し、ふたたび切っ先をむけ合った。

左近の着物の左肩口が裂け、肌に細い血の線がはしっていた。山瀬の切っ先がわずかにとらえたのだ。

一方、山瀬の腹部も裂けて、肌に血がにじんでいた。横に払った左近の切っ先が浅く薙《な》いだのである。

「初手は互角か……」

左近が抑揚のない声でつぶやいた。

「うぬ……」

山瀬の顔には、動揺の色があった。

左近の迅速な動きは、山瀬の読みを超えていた。わずかに左近の切っ先が腹部をかすめただけだったが、得意技の袈裟斬りの太刀を受けられた上に、胴へ二の太刀を返されたのである。

だが、山瀬はすぐに平静にもどった。踏み込みを深くすれば、左近が二の太刀を揮う前に、斬れると読んだのだ。それに、弥太がいた。弥太に左後方から攻めさせれば、左近の集中力を奪うことができる。

「弥太！　おれと、同時に仕掛けろ」

山瀬は声を上げ、八相に構えなおした。


そのとき、茂蔵は八丁堀川の水際に群生した葦のなかにいた。

高村の斬撃をかわしたとき、土手際で足を踏みはずし、転倒して水際まで転がり落ちたのだ。

「追え！　逃がすな」

高村が声を上げた。

芝造が土手を滑り下り、高村もつづいて下りてきた。

茂蔵は葦を掻き分けながら、水際を駆けた。丈の高い葦が倒れ、バシャバシャと水を蹴る音がひびいた。

……ふたりでは、かなわぬ。

と、茂蔵は踏んだ。

高村は遣い手だった。芝造も、匕首を巧みに遣った。そうでなくとも、柔術は刃物を持った相手には不利である。ふたり相手に、勝つ術はなかった。

逃げるしかなかった。茂蔵は左近のことは考えなかった。状況にもよるが、己の命は己で守る、それが影目付の鉄則だったのである。

茂蔵の巨軀は黒い熊のようだった。葦をなぎ倒し水を撥ね上げ、猛然と水際を突進した。

……舟だ！

十間ほど先の夜陰のなかに桟橋が見えた。数艘の猪牙舟が舫ってある。

なおも、芝造と高村が葦を払いながら追ってきた。

茂蔵は桟橋を走り、舟に飛び乗ると、舫い綱を外して船底に置いてあった竹竿を取った。

ガタガタと桟橋の板を踏む音をひびかせて、芝造と高村が駆け寄ってきた。

「喰らえ！」

茂蔵が舟の上から長い竹竿を振りまわした。

茂蔵は剛腕である。竹竿が唸りを上げて、芝造と高村を襲った。ふたりは飛びすさり、桟橋に這《は》いつくばって逃れた。

この隙に、茂蔵は川底に竹竿を立てて舟を川中へ出した。

茂蔵は川のなかほどまで来ると、舟から通りを見上げた。左近が岸辺へ追いつめられ、山瀬と弥太が迫っていた。斬撃を浴びたらしく、左近の着物の左肩口が裂けている。

茂蔵は舟を左近の近くへ寄せ、

「左近さま！　川へ」

と、叫んだ。

その声に左近は反転し、川へ身を投じた。

水飛沫の上がった場所へ、茂蔵はすぐに舟を寄せ、左近を舟縁から引き摺《ず》り上げた。

高村や山瀬たちは追ってこなかった。桟橋と路傍に立って、茂蔵たちの乗る舟を見送っている。舟を使っても、斃《たお》せないと判断したようだ。

「左近さま、肩口の傷は」

「かすり傷だ」

そういって、左近が左肩を見せた。なるほど、うすい血の痕があるだけである。

「どぶ鼠のようですよ」

安堵したのか、茂蔵が左近の姿を見て笑った。

左近はずぶ濡れで、総髪が顔をおおい、着物が体にまとわりついていた。

「そっちは、傷だらけの熊のようだ」

左近が苦笑いを浮かべていった。

茂蔵の顔は擦り傷やひっ掻き傷だらけだった。土手を転がり落ちた後、葦のなかを走ったおりについたらしい。

8

嘉膳から、菊屋にいたお蘭の許へ使いが来た。岩井と会って、半月ほど経っていた。使いは、お吉からだった。

嘉膳の若い衆《し》が、

「お蘭さん、浜乃屋の旦那が来ておりやす」

と、小声で伝えた。

岩井に会った後、お蘭はお吉に、嘉膳に仁蔵さんが来たら知らせておくれ、一度、ご挨拶がしたいから、と頼んであったのだ。

まだ、会ったこともない客に挨拶というのも変だが、お蘭はお吉に、浜乃屋さんの客にも呼んでもらいたいからね、ともっともらしい理由を口にした。

お蘭は嘉膳につくと、女将に挨拶をし、お吉を呼び出してもらった。いくらなんでも、まだ呼んでもらったこともない客の座敷へひとりで顔を出すわけにもいかなかったのだ。

「お蘭さん、すぐに座敷へ来ておくれ」

お吉が顔をほころばせていった。

お吉は小柄だが、鼻筋のとおった美形だった。すでに飲んでいるらしく、白粉《おしろい》を塗った顔が桃色に染まっている。

「浜乃屋の旦那にお蘭さんのことを話したら、すぐに呼んでくれ、とおっしゃったんだよ」

「ほんとかい」

「ああ、あたしといっしょに来ておくれよ」

お吉は深川芸者だったこともあって、物言いに伝法《でんぽう》なひびきがあった。

「嬉しいね。……それで、浜乃屋さんはひとりじゃないんだろ」

お吉の後に従いながら、お蘭が訊いた。

「三人だよ」

二階へつづく階段を上がりながら、浜乃屋さんの他にお武家がふたり、とお吉が振り返りながらいった。

座敷は二階の隅の牡丹《ぼたん》の間だった。上客のための座敷である。

お吉が、襖をあけて、傍らに座したお蘭を紹介してくれた。

上座に三十がらみのほっそりした武士が座っていた。紺地に霰小紋《あられこもん》の羽織、浅黄地《あさぎじ》の小袖に白足袋。その武士の差料と思われる拵えのいい大小が、背後の刀掛けにかかっていた。一目で、身分のある武士であることが知れた。

その武士の左手に、顔の大きな目のギョロリとした武士が座っていた。この武士も旗本のようである。右手には大店の旦那ふうの男がいた。丸顔で肌が浅黒く、狸のような顔をしていた。この男が仁蔵であろう。

「お蘭さんか、お吉さんから話は聞いていましたよ」

仁蔵が目を細めていった。

「お蘭ともうします。以後、ご贔屓《ひいき》に」

お蘭が指先を畳について挨拶し、仁蔵のそばに座ろうとすると、

「まずは、御前さまに一献差し上げてくれ」

仁蔵がそういって、上座に座っている三十がらみの武士へ目をむけた。

……この男が、御前さまだ！

お蘭は胸の高鳴りを覚えた。岩井が探ってくれといっていた三人が、目の前にそろっているのである。

すぐに、お蘭は御前さまの脇に座って、銚子を取った。

「お名前を訊いても、よろしゅうございますか」

お蘭は、御前さまに色っぽい目をむけて訊いた。

「わしか、わしは御前さまじゃ」

御前さまと呼ばれた武士は、笑いながら杯をお蘭の前に差し出した。名は伏せておきたいようである。

あらためて御前さまを見ると、色白の端整な顔立ちをしていた。左の目尻のちかくに小豆《あずき》粒ほどの黒子《ほくろ》がある。

お蘭は御前さまが飲み干したのを見て、

「それじゃァ、御前さま、わたしにもお流れを」

と甘えるような声でいって、肩先を御前さまの方に寄せた。

それから、お蘭は三人の客に酒を注ぎながら巧みに話を引き出した。三人はお蘭やお吉をからかったり世間話をするだけだったが、その会話から町人体の男が仁蔵で、顔の大きな武士が原島だということが知れた。

お蘭は岩井に依頼されたことを何とかつきとめたいと思ったが、三人の関係や身分にかかわるようなことはいっさい口にしなかった。

それでも、御前さまが厠に立ったとき、原島が廊下までついていき、

「伊賀守《いがのかみ》さま、厠は廊下の突き当たりでございます」

と、口にしたのを、お蘭は聞き逃さなかった。

お蘭が座敷に来て一刻（二時間）ほどしたとき、御前さまが、だいぶ、飲んだな、と口にした。

それを耳にした仁蔵が、

「そろそろ、おひらきにいたしましょうか」

そういって、お吉に女将を呼ぶようにいった。

仁蔵は座敷に顔を出した女将に御前さまと原島の駕籠を用意するよう指示し、いっときして女将が駕籠の用意ができたことを告げると、三人は腰を上げた。

五ツ（午後八時）ごろである。晴天らしく、澄んだ月光が玄関先に満ちていた。

女将、お吉、お蘭、それに座敷に顔を見せた女中などに見送られて、まず御前さまが駕籠に乗り込んだ。

権門駕籠だった。陸尺の他に供侍が四人も従った。お蘭が、お吉にそっと訊くと、陸尺や供侍は別の座敷へ待機させてあったのだという。

「みんな、浜乃屋さんが持つらしいよ」

お吉がお蘭の耳元でささやいた。

座敷の費用は、仁蔵がすべて払っているらしい。

つづいて、宝泉寺《ほうせんじ》駕籠（町駕籠の高級品）が玄関先に呼ばれ、原島が乗り込んで、仁蔵はそれといっしょに嘉膳を出た。

「浜乃屋さんたちは、いつもああなのかい」

廊下で、お蘭はお吉に訊いてみた。

お蘭は、三人が酒宴を楽しむためだけに嘉膳に来たとは思えなかったのだ。

「そうだよ。いつも店に入ると、小半刻（三十分）ほど三人でなにやら話をしてね。それから、あたしらを呼ぶんだ」

「そう……」

どうやら、お蘭が来る前に、三人の密談は済んでいたらしい。


翌日、お蘭は亀田屋へ行き、茂蔵を介して岩井と会った。すこしでも早く、嘉膳で耳にしたことを岩井に伝えたかったのである。

お蘭から嘉膳でのことを聞いた岩井は、

「御前さまは、伊賀守と呼ばれたのだな」

と、念を押すように訊いた。

「はい、三十がらみで、ほっそりした方でした」

さらにお蘭は、色白で左の目尻のちかくに小豆大の黒子があることをいい添えた。

「お蘭、でかした。それだけ分かれば、すぐに正体が知れる」

めずらしく、岩井が声を大きくしていった。

お蘭の顔に満足そうな笑みが浮いた。岩井の役に立てたことが、嬉しいのである。

第五章　伏魔殿

1

岩井は、お蘭から話を聞いた翌日、西田邦次郎に会った。御前さまの正体を知るには、松平信明に訊くのが早いと思ったのだ。

西田は、すぐに信明に岩井の意向を伝え、拝謁の許しを得てくれた。

松平家上屋敷の奥の書院で、信明と顔を合わせた岩井は、嘉膳で、仁蔵、原島、それに御前さまと呼ばれる武士が、密会していたことを話した。

「伊賀守とな」

信明が念を押すように訊き返した。

「はい、三十がらみ、色白で痩身だそうにございます」

岩井は、左の目尻ちかくに小豆大の黒子があることもいい添えた。

「そやつ、御側御用取次の金森《かなもり》じゃ！」

信明が声を上げた。顔に驚きの色がある。信明が、己の感情を露骨に見せるのはめずらしいことだった。

金森伊賀守輝広《てるひろ》。将軍家斉の覚えがめでたい七千石の旗本だという。

御側御用取次は、老中や若年寄の未決の書類を将軍に取り次ぐ役である。立場上、将軍に対してさえ、相成りません、といって、諫言《かんげん》を上申することがあった。さらに、老中、若年寄などには、左様なこと言上できませぬ、などといって拒絶することもまれではなかった。そのため、城中での勢威は大きく、幕政の舵《かじ》を取る老中でさえ御側御用取次には一目置かざるを得なかったのだ。

「そういえば、ちかごろ、金森は大奥の滝園や出羽などと親密にしておるようだ。……仁蔵なる者が高利貸しと遊廓の経営とで得た金が、原島から金森、そして大奥や幕閣にも流れているのかもしれぬ」

信明の顔から驚きの色が消え、表情がけわしくなった。

「いかさま」

岩井も信明のいうとおりであろうと思った。

「金森家はもともと二千石の家柄、それがとんとん拍子に出世して、いまは七千石の大身じゃ。この異例の出世の裏で、多額の賄賂が動いていたのであろうな」

信明が苦々しそうにいった。

金森はここ数年の間に、御小姓、御小姓組頭取、御側衆、御側御用取次と、将軍に近侍する役職ばかりを駆け上がってきたという。

「伊豆守さま。金森さまは、上さまと何か特別なかかわりがございましょうか」

岩井が訊いた。

異常と思える出世であった。ここ数年の間に、金森は二千石から七千石の大身になっていた。しかも、将軍の扈従《こじゅう》ばかりを、階段を駆け上がるように出世している。幕閣への賄賂や追従だけでは無理であろう。

「いや、特にないはずだが……」

信明は首をひねって黙考していたが、岩井の方に顔をむけ、

「そのあたりに、滝園とのかかわりがあるのかもしれんぞ」

と、重いひびきのある声でいった。

「…………」

岩井も同じ見方だった。滝園は将軍と直結している。滝園が将軍に言上すれば、異例の出世も可能であろう。

……金森と滝園との間に何かある。

と、岩井は直感した。

おゆらの口封じも、ふたりの秘事にかかわりがあるのかもしれない。

岩井は金森と滝園との関係を探れば、今度の事件の全貌が見えてくるのではないかという気がした。

翌日、岩井は弥之助を通して、菊屋に茂蔵と左近を呼んだ。亀田屋は、仁蔵一味に知られたらしいと茂蔵が口にしていたので、密会の場所を変えたのである。

客が四人と聞いて、お静は二階の萩《はぎ》の間を用意してくれた。いつも使っている桔梗の間では狭いのだ。

十畳の座敷だった。集まったのは、岩井、茂蔵、左近、弥之助、それに遅れてお蘭も顔を出した。

いっとき、五人で酒を酌み交わした後、

「茂蔵から話してくれ」

と、岩井が切り出した。

茂蔵と左近が山瀬たちに襲われたことは、すでに茂蔵の口から岩井に伝えられていたが、弥之助とお蘭にも知らせるためにあらためて話をさせたのだ。

茂蔵は八丁堀川沿いで四人の男に襲われ、猪牙舟を使って何とか逃れたことを話してから、

「四人は、山瀬、高村、芝造、もうひとりも仁蔵の手下のようでして」

と、いい足した。左近は黙って、杯をかたむけている。

「尾けられたのか」

岩井が訊いた。

「はい、亀田屋から尾けられたようです。それに、左近さまも、長屋から出たところを尾けられたような気がするとおっしゃいましたので、ふたりの宿はやつらに知られているとみた方がよろしいようです」

茂蔵がそういうと、左近は黙ってうなずいた。

「となると、迂闊に動けんな」

「しばらく、宿を変えようかと思っております」

茂蔵によると、日本橋堺町に懇意にしている者の空家があるので、今度の件の始末がつくまで左近とともにそこに住むつもりだといった。

空家は仕舞屋《しもたや》だという。贈答品を納めたことのある商家の主人の妾宅《しょうたく》だったそうだ。その妾《めかけ》が死に、いまは空家になっているというのだ。

「店の者には、てまえの妾宅にいるといってありますので、しばらく離れも使えません」

茂蔵が、苦笑いを浮かべていった。

そのとき、黙って話を聞いていた弥之助が口を挟んだ。

「お頭、どうです、仁蔵や山瀬を始末してしまっては」

弥之助は、仁蔵たちの所在が知れているのだから、片付けられると口にした。

「それは、どうかな。……いま仕掛ければ、雑魚《ざこ》は始末できても大物が姿を消してしまうぞ」

岩井は、事件の首魁は仁蔵や山瀬ではないと思っていた。原島、金森、滝園、その三人のなかに首謀者がいるはずである。原島が仁蔵と画策して動いていることは分かっているが、金森と滝園のかかわりは、まだつかめていない。

「御前さまと呼ばれている男だがな。御側御用取次の金森伊賀守輝広だと分かった」

岩井は、お蘭が探り出したことから信明が断言したことまでを、かいつまんで話した。

岩井は金森を呼び捨てにした。すでに、今度の一件に金森が深くかかわっているとみていたからである。

「御側御用取次……」

茂蔵が驚いたように目を剝いた。

左近や弥之助の顔にも、驚きの色があった。三人とも元幕臣だったので、御側御用取次が、いかに権勢のある要職であるか分かっているのだ。

「わしは、金森と滝園を探ろうと思っておる」

岩井が声をあらためていった。

「お頭、わたしらはどう動きます？」

茂蔵が訊いた。

「さらに、原島の身辺を探ってもらいたい。仁蔵とのつながりだけでなく、金森や滝園とのかかわりが見えてくるかもしれん」

「承知」

弥之助がいい、茂蔵と左近がうなずいた。

「それで、旦那、わたしはどうすればいいの？」

お蘭が、銚子を手にしながら訊いた。

「嘉膳に来たらでいいが、お蘭はひきつづき原島や金森を探ってくれ」

そういって、岩井はお蘭の方に杯を差し出した。

2

廊下を歩く足音がして襖があいた。

顔を出したのは、佳之助である。手に木刀をたずさえている。

う。

「父上、お出かけでございますか」

佳之助は、がっかりしたような顔をした。剣術の稽古相手でもせがむつもりだったのだろう。

岩井は妻の登勢に手伝わせ、座敷で羽織袴姿に着替えていた。市ヶ谷まで行くつもりだった。

市ヶ谷の尾張家上屋敷の裏手に望月市左衛門《もちづきいちざえもん》の屋敷があった。金森家のすぐちかくである。

それに、望月はいま腰物方にいたが、長く御納戸衆をしており、将軍に近侍して雑用をおこなうという御小姓と似たような立場だったので、金森のことはよく知っているはずだった。

岩井は中西派一刀流の沼田道場で望月と同門だったので、話を聞いてみようと思ったのである。

「佳之助、またになされ」

登勢が目を細めていった。

「今日のところは、青木に頼め。明日なら、わしが相手してやろう」

岩井がそういうと、佳之助は、はい、と答えて、座敷から出ていった。

「ちかごろ、佳之助もたくましくなってきました」

佳之助の後ろ姿に目をやりながら、登勢は嬉しそうな顔をした。

佳之助は幼いころ病弱で、この子はまともに育つまい、と思われていたのだが、ちかごろは同年の男子と比べても劣らない体軀になってきて、ひところの脆弱《ぜいじゃく》さは感じられなくなっていた。

「そろそろ元服させてもよいな」

年齢的には早かったが、岩井は佳之助を早く元服させたかった。

それというのも、影目付は命を賭けた闇の仕事だった。いつ殺され、闇に葬られるかしれない身である。

岩井が死ねば、家はつぶれ、登勢も子供たちも路頭に迷うことになるだろう。岩井は己の命のあるうちに、佳之助に家を継がせたかったのだ。

岩井は供を連れず、ひとりで屋敷を出た。

望月家は二百石だった。片番所付きの長屋門である。

初老の中間が門番をしていた。

岩井が中間に名と来意を告げると、門番はくぐり戸からなかへ入れ、玄関先にあらわれた用人が、玄関脇の来客用の座敷へ案内してくれた。

座敷でいっとき待つと、望月が顔を見せた。

「岩井、ひさしぶりだな」

物言いは若いころのままだったが、十数年ぶりで見る望月の容貌は変わっていた。若いころは中肉中背だったのだが、いまはでっぷり太って頰がふくれ、首筋の肉がたるんでいた。

「だいぶ、楽をしているようだな」

「城勤めは気ばかり遣って、体を使わぬ。ちかごろは、すこし歩くと息がきれる」

望月は赤ら顔の額に汗を浮かせていった。

「それでは、いざというとき、後れをとるぞ」

岩井は笑みを浮かべていった。

「ちかごろは、心を入れ替えてな。早朝、木刀の素振りをしておるのだ」

「それなら、いずれむかしの体にもどるだろう」

「ところで、今日は何の用だ」

暇潰しに世間話をしに来たわけではあるまい、そんな顔をして、望月は岩井を見た。岩井が御目付を罷免され、小普請であることは知っていたのだ。

「金森さまのことを知っているな」

声をあらためて岩井がいった。

「御側御用取次の金森さまか」

「そうだ」

「むろん知っている。お屋敷が近くだからな。それで、金森さまがどうかしたのか」

望月が怪訝な顔をした。

「ちと、気になることがある」

「気になるとは」

「出世が早すぎるし、御小姓衆に出仕してから上さまのお側を離れぬのも妙だ」

「確かにそうだが、何ゆえ、おぬしが」

望月の柔和な目が、急にけわしくなった。御目付を罷免された男が、旗本のことを探索する必要はないと思ったようだ。それに、持ち出した相手は七千石の大身で、幕閣の要人である。

「大きい声ではいえぬが、わしの知り合いが金森さまに不審をいだいて、ひそかに探索しておる。むかしのよしみで、手を貸してやろうと思ったのだ。なにせ、暇だからな」

岩井は御目付の同僚のことを持ち出して、適当にいいつくろった。

「うむ……」

望月は岩井の謂《いい》を信用したようだったが、まだ警戒の色は払拭しきれないようだった。

「そうは思わぬか。家禄二千石が、いまは七千石だぞ。それに、まだまだ栄進するかもしれぬ」

「たしかに、異例だな」

「若いころから、俊英で知られた男なのか」

「いや、そのようなことはない」

話しているうちに、望月の警戒心が薄れてきたらしい。それに、隣家のめざましい栄達に、多少の妬《ねた》みもあるようだ。

望月が口にしたことによると、若いころの金森は学問でも剣でもとくに目立つようなことはなかったという。

「多額の賄賂を使ったからであろうとの噂はある。……ただ、二千石といっても内証《ないしょう》は苦しかったはずだ。幕閣を動かすほどの金が、度々用意できたとは思えんがな」

望月は首をひねった。

「原島顧次郎どのを、知っているな」

岩井は声をあらためていった。

「知っている。むかし、御小納戸方にいたことがあるのでな。そういえば、原島さまもだいぶ出世されたようだ」

望月の顔に皮肉な嗤いが浮いた。

「金森さまと原島どのは、昵懇だと聞いているのだがな」

岩井が水をむけた。

「そのとおりだ。原島さまは、金森さまが御小姓だったときから頻繁に屋敷に出入りしていたよ」

「いまでもか」

「ここ二、三年、とくに多い。通りで、原島さまの姿をよく見かける。御小納戸頭取に栄進されたのも、金森さまの推挙があったからかもしれんな」

「…………」

やはりそうか、と岩井は思った。

原島は金森の腰巾着《こしぎんちゃく》のような立場にちがいない。これでつながりが見えてきた、と岩井は思った。

仁蔵が金を集め、原島を介して金森へ渡る。その金森から、出世のための賄賂として大奥の滝園や水野忠成などの幕閣へ流れているのではあるまいか。

だが、それが事実としても事件の一部であろう。原島や金森の異例の出世が、賄賂の金だけで成し得たとは思えない。賄賂や追従で、己の出世を目論む幕臣はいくらでもいる。金森や原島の異例の栄進の背後には、何か特別な理由があるはずなのだ。

仁蔵の立場も腑に落ちなかった。いまのところ、仁蔵への見返りが何もないのだ。何のために、金をみつぎ、原島の意に沿って動いているのであろうか。

それに、伊賀者の山田伸八郎や御徒目付の有馬八十郎を殺した理由も分からなかった。おそらく、口封じであろうが、山田と有馬はどのような秘密を知ったために殺されたのか。

事件の核心はまだ闇のなかにあった。

3

「滝園さまを知っているか」

岩井が訊いた。

「御中臈の滝園さまか」

「そうだ」

「知っている。滝園さまの実家も市ヶ谷だ」

望月が声をひそめていった。

「旗本と聞いているが」

岩井はくわしいことは知らなかったが、滝園の生家は三百石の旗本と聞いていた。

「父親は永倉吉太夫《ながくらきちだゆう》どの。いまは隠居しておられるが、腰物奉行をなされたこともある」

「それで」

岩井は話の先をうながした。望月は、何かいいたそうな顔をしていたのである。

「滝園さまの娘のころの名は滝江どの。まだ、金森さまが御小姓のころ、滝江どのが金森家へ嫁ぐという話があったのだ」

「まことか！」

岩井の声が大きくなった。

「ああ、わしも、何度か見かけたことがある。おふたりが、人目を忍ぶようにして仲睦《なかむつ》まじく歩いている姿をな。……だが、その話はすぐに立ち消えになった。滝江どのが、大奥へ奉公に上がられたからだ」

「うむ……」

金森と滝園のつながりがあった、と岩井は思った。

いまも、金森と滝園はかかわりを持っているのではあるまいか。妻子がいるであろう金森はともかく、大奥という外部から隔絶された世界にいる滝園が、いまも金森に思いを寄せている可能性はあった。

そのとき、岩井は滝園が些細なことで取り乱し御次を折檻したことがある、と口にした信明の言葉を思い出した。金森に対する思慕の念が、滝園に常軌を逸しさせたのではないだろうか。

御中臈は、生涯城の外へ出られない一生奉公である。むろん、城内で男と逢うことなどできるわけがない。滝園が金森に対する恋慕の情をつのらせ、何とか逢いたいと思っても不思議はないのだ。

……参詣だ！

岩井の脳裏にひらめいた。

大奥では御年寄でなければ、芝の増上寺や上野の寛永寺への代参は許されていないが、滝園は唯一城外へ出ることを許される己の病や親の重篤を理由に宿下がりし、増上寺へ参詣していた。

そのときに、金森と逢っていたのではあるまいか。

……そうか、伊賀者の山田伸八郎はそのことに気付いたのか！

岩井は山田が始末された理由が分かった。

山田が滝園と金森の密通に気付き、金森に何か要求したと考えれば、山田が殺された謎も解けるのだ。

おそらく、有馬もそうであろう。有馬は原島の身辺を洗い、原島と金森の関係を知り、滝園とのかかわりに気付いたにちがいない。そのことを察知した原島が、仁蔵に命じて山瀬たちに殺させたのだ。

……やはりおゆらも口封じのために殺されたようだ。

おゆらは、滝園に仕えていた御次だった。滝園と金森の密通に気付いた可能性は高い。仁蔵たちが浅草寺に参詣に行ったおゆらを連れ去り、入水に見せかけて殺したのは、おゆらの口からふたりの密通が洩れるのを防ぐためであろう。

……だが、何の証もない。

すべて、岩井の推測だった。

「岩井、どうした？」

虚空に視線をとめたまま黙り込んでいる岩井に、望月が声をかけた。

「いや、何でもない。……ところで、滝園さまは市ヶ谷の生家に顔を見せることはあるのか」

岩井は顔を上げて訊いた。

「まったくない。増上寺の参詣にみえたと聞いたことはあるが、生家には顔を出さなかったようだ」

「そうか」

やはり、参詣にかこつけて金森と逢瀬を愉《たの》しんでいたようだ、と岩井は思った。

それから、岩井は永倉家や金森家のことを訊いてみたが、事件にかかわるような情報は得られなかった。

「わしが来たことは、内密にしてくれ」

そういい置いて、岩井は望月邸を出た。

岩井は滝園と金森が密会したことの証が欲しかった。伊賀衆組頭の内村の話では、滝園は増上寺でお参りを済ませると、持病の癪を理由に宿坊で休んだそうだ。その際、山田をはじめ供の者たちに料理屋での飲食を許し、自分の身辺から遠ざけている。

……金森と逢ったのは、そのときだな。

と、岩井は思い当たった。

滝園が宿坊から抜け出したか、金森が宿坊へ忍び込んだかである。

岩井はもう一度、その時の様子を訊いてみようと思い、望月と会った翌日、四ッ谷南伊賀町へ足を運んだ。

岩井は内村にもう一度話を聞いた後、

「そのとき、滝園さまの供についた添番の者は」

と、訊いた。殺害された山田の他に、添番の者も供についていたはずだった。

「本間守之助《ほんまもりのすけ》でございます」

「本間の住居《すまい》は、このちかくか」

「はい、これより二町ほど先でございます。ご案内いたしましょうか」

内村は慇懃な口調でいった。

「そうしてくれ」

岩井は内村が同行してくれれば、本間から話が聞きやすいと思った。

本間は三十半ば、肌の浅黒い痩せた男だった。岩井が七百石の旗本の当主と知ると、身を縮めるようにして屋敷内に招じ入れた。

屋敷といっても、台所の他に三間しかない狭い家屋だった。本間は戸口を入ってすぐの座敷へ岩井を案内し、妻女に茶を淹れるよう指示した。

内村は岩井を紹介すると、座敷へは上がらずそのまま帰っていった。

岩井は本間の妻が運んできた茶に口をつけた後、

「気を遣わせてすまぬな。殺された山田伸八郎のことで訊きたいことがあってな」

そう切り出し、御目付のなかに山田の死に不審を持って探索している者がいることを暗に匂わせ、

「山田の供養のためにも、つつみ隠さず話してくれ」

と、おだやかな声音でいい添えた。

「はい」

「山田の行方が分からなくなった日のことだが、おぬしも滝園さまの警護についたのだな」

「はい、御中臈さまは、増上寺の御参詣においででした」

「その日、滝園さまは癪を起こされ宿坊で休まれたそうだが、どれほどの間だったのだ」

「御中臈さまが、御参詣を終えられてすぐでした。四ツ（午前十時）ごろではなかったかと存じます。……それから、七ツ（午後四時）ちかくまで宿坊で休まれました」

「三刻（六時間）もか……」

金森と逢瀬を愉しむには、十分過ぎるほどの時間だ。

「その間だが、宿坊を訪れた者はいなかったかな。おそらく、武家の乗る駕籠で来たと思うが」

岩井は、金森が人目を忍んで来たとすれば、駕籠だろうと思った。

「そのような話は聞いておりませぬが、ただ……」

本間が戸惑うような表情を浮かべた。

「ただ、なんだ？」

「あんぽつ駕籠が二挺、山門から出ていくのを目にしました。それが宿坊から来たかどうか分かりませぬが」

あんぽつ駕籠は上流商人が利用する高級な町駕籠である。

その日、本間は滝園の警護のことが気になり、念のため宿坊の周辺を見まわってから料理屋へむかったという。

その本間を追い越すように、二挺の駕籠が山門から出ていったというのだ。

「だれが乗っていたか分からぬか」

「分かりませぬ。なかは見えなかったもので」

本間は首を横に振った。

「うむ……」

その一挺に滝園が乗っていたのではないか、と岩井は思った。もう、一挺は滝園に随身していた御次であろう。

駕籠で、どこへ向かったのか、そう思ったとき、岩井の脳裏に天啓のようにひらめくものがあった。

……浜乃屋だ！

岩井は確信した。

増上寺のある芝から本湊町は遠くはない。浜乃屋の冠木門からあんぽつ駕籠が入っても、見咎める者はいないはずだ。しかも、奥の離れを使えば店の奉公人や仁蔵の手下たちからさえ隔離される。滝園と金森は別々に店に入り、離れで逢ったのだ。

浜乃屋は、金を生み出す遊廓であると同時に、滝園と金森の密通の場所でもあったのだ。

「岩井さま、何かご懸念でも」

虚空を睨んだまま黙り込んでしまった岩井に、本間が困惑したような顔をして訊いた。

「いや、おぬしのお蔭で見えてきた」

岩井はそういって、すこし冷めた茶に手を伸ばした。

4

岩井には、滝園と金森が浜乃屋で密通していたという確信があった。だが、証拠立てるものがない。岩井は、滝園を浜乃屋に運んだ駕籠かきから話が聞ければ、確かな証が得られるだろうと思った。

滝園は陸尺たちから秘事が洩れるのを恐れて、城から乗ってきた駕籠は使わず、町駕籠を使ったのだ。だれも大奥の御中臈が町駕籠に乗るとは思わないので、他人の目を欺くためもあったのであろう。あんぽつ駕籠を用意したのは、仁蔵にちがいない。

岩井は、弥之助に命じて辻駕籠屋を当たらせた。すると、岩井の見込みどおり、京橋、北紺屋町にある駕籠甚《かごじん》という辻駕籠屋で、その日二挺のあんぽつ駕籠を増上寺に差し向けたことが判明した。寺から客を乗せることはめずらしかったので、駕籠屋の親爺《おやじ》も覚えていたようだ。

増上寺に出向いた駕籠かきは四人。そのうちのひとり、繁六《しげろく》という駕籠かきに、岩井が直接会って訊くと、

「名は知りやせんが、お乗せしたのは身分のある奥方のようでごぜえやした」

と、答えた。

「行き先は？」

「本湊町の浜乃屋でごぜえやす」

「やはりそうか」

滝園が、駕籠で浜乃屋に入ったことはまちがいなかった。

一方、金森の身辺を探っていた茂蔵が、近所の旗本屋敷に斡旋した竹次《たけじ》という中間から聞き込み、何日かはっきりしなかったが、滝園が増上寺に参詣に行ったころ金森が駕籠で浜乃屋にむかったことをつかんできた。

竹次は金森家に仕える陸尺が話していたのを耳にしたという。金森が料理屋である浜乃屋

でなく奥の離れに入ったので、陸尺は不審に思い仲間の中間に話していたらしい。

茂蔵から話を聞き、岩井は滝園と金森が浜乃屋で密会した確証を得た。

繁六から話を聞いた翌日、岩井は西田に会って、信明に拝謁したい旨を伝えた。西田からの返答は翌朝にあった。信明は、今日の下城後に会うという。

松平家上屋敷の書院で岩井と対座した信明は、

「岩井、なにかつかんだようだな」

といって、身を乗り出した。

「はい、思いもよらぬ事態にございます」

岩井は、滝園と金森の密通の子細を話した。

けわしい顔で耳をかたむけていた信明は、岩井が話し終えると、

「恋慕《いろ》に狂いしか……」

といって、絶句した。

「滝園さまは、大奥で奉公する前から金森さまに思いを寄せていたようでございます」

「それにしても、女の情念は恐ろしいものよのう。大奥で取り乱し、御次を折檻したのも色狂いのためか。……それで、ふたりの逢瀬の場所が浜乃屋か」

「はい、浜乃屋こそ、色と欲に狂いし者どもの伏魔殿にございます」

「まさに」

いっとき、ふたりは虚空に目をとめて黙り込んでいたが、信明が、このまま放置することはできぬ、とつぶやき、顔を岩井の方にむけた。

「だが、この事実を明らかにすることはできぬ。大奥の不義密通が露見いたさば、上さまのご威光に疵《きず》がつくだけではすまぬ。公儀の威信も揺らぐし、幕閣も相応の責めを負わねばならなくなる。そうなれば、政事《まつりごと》もたちゆかなくなろう」

信明は苦渋に顔をゆがめていった。

「岩井、この一件、闇に葬らねばならぬぞ」

信明が、岩井を見つめていった。双眸に刺すようなひかりがある。

「もとより、われらは闇に生きる影目付でございます。仕置も人知れず闇のなかでおこなう所存にございます」

岩井は低い声でいった。茫洋とした面貌《おもて》が豹変し、身辺に刹鬼《せつき》のような凄味がただよっている。

「だが、大奥に忍び込んで、滝園を始末するわけにはいくまい」

「いかさま」

身軽で猫のように屋敷内に忍び込む弥之助をもってしても、江戸城の大奥に侵入し、滝園を殺すのは無理だろう。たとえ、侵入できて殺せたとしても、滝園の殺害が露見してしまえば大騒動になり、今度の一件をひそかに闇に葬ることはできなくなる。

「どういたす」

「機はございます。色と欲に狂いし鬼どもが、伏魔殿に集うときがかならずやあるはずでございます」

滝園はまだ密通が露見したとは思っていないはずだ。それに、金森や原島はまだ己の出世に満足してはいない。今後も、滝園を利用して出世の道を進もうとするはずだった。いまも、金森や原島たちは野心に燃えているのだ。

「ちかいうちに、滝園さまは何か理由をつけて宿下がりするとみております。その機に、始末する所存にございます」

「うむ……。どうじゃな。わしの家臣を使うか。腕に覚えの者もおるぞ」

信明が声をひそめていった。

影目付が五人であることを信明は知っていた。しかも、ひとりは斬り合いには役に立たない女である。

機会は一夜しかない。浜乃屋には仁蔵の手下や金森の家臣もいるだろう。多勢に無勢で、うまく始末できるか、信明は懸念したようである。

「伊豆守さま、大勢で押し込んでやりあったら、大騒ぎになりましょう。下手をすれば、町方や火付盗賊改も動きます。そうなれば、こたびの一件が天下にひろく知れ渡ることになりましょう。闇に葬るためには、われら影目付だけで始末するのが肝要と存じます」

岩井は、滝園と金森がその場でうまく始末できれば、仁蔵と原島は後でも何とかなると思っていた。

「そこまでいうなら、こたびの仕置はそちに任せよう。……わしに何かできることがあれば、もうすがよい」

信明が、すこし声をやわらげていった。

「滝園さまが、宿下がりするようでしたら、その日をお知らせいただきとうございます」

老中である信明は、いち早く知るはずだった。その日が分かれば、事前に手を打っておくことができる。

「分かり次第、そちに知らせよう」

そういって、信明は冷めた茶に手を伸ばした。

ふたりは、奥女中が用意した茶を飲むことも忘れていたのだ。

座敷の隅で、燭台の炎が揺れていた。辺りは深い静寂につつまれていたが、部屋の大気は動いているらしい。

5

信明からの知らせは、なかなか来なかった。すでに梅雨を過ぎ、大川の川開きもすんで、水辺で蛍が舞う季節になっていた。

この間、原島と金森は己の役儀に専念し、浜乃屋にも姿を見せなかった。判で押したように江戸城と屋敷を往復していたが、仁蔵だけは精力的に動いていた。

仁蔵は借金のかたに手に入れた崎田屋に頻繁に出かけ、新しい主人として商売《あきない》の指図をしていた。何人か残した前の番頭や手代などに加え、あらたに奉公人を雇い入れたらしく、店は活況を取りもどしていた。

仁蔵が出向くのは崎田屋だけではなかった。米問屋の鳴門屋にも足を運び、崎田屋と同じように借金のかたに店を取り上げ、主人家族は小体な米屋に移すという話を進めているらしかった。

「お頭、仁蔵のやつ、本腰を入れて商いを始める気のようです」

茂蔵が苦笑いを浮かべていった。

「米問屋と呉服屋か。経験のない仁蔵が、うまくやっていけるのかな」

「崎田屋には、呉服の商いに長《た》けている番頭や手代を残してありますので、店は任せているようです。それに、ちかいうちに、お上の御用達になるのではという噂があるそうでして」

「なに！」

仁蔵の狙いは、それか、と岩井は思った。

仁蔵が大金を都合し、手下に命じて人殺しまでした理由が分かったような気がした。原島は御小納戸頭取である。仁蔵が呉服屋として幕府の御用達になれば、原島と組んで莫大な利益を上げることができるのである。

おそらく、米問屋も幕府の御用達となって、大きく商いをひろげるにちがいない。そうなれば、高利貸しや隠れ売女《ばいた》を置いた料理屋の経営などとちがい、天下に名の知れるような豪商になることも夢ではないだろう。

……仁蔵は、商人としての栄達を望んだのだ！

岩井は、それぞれの思惑が分かった。

仁蔵、原島、金森。まさに、三者三様、色と欲とで結び付いた男たちだったのである。

六月（旧暦）の末、岩井邸に西田が姿を見せた。陽が沈むと、吹く風のなかに秋の気配を感じ、ほっとするころである。

岩井とふたりだけになると、

「御中臈、滝園さまは病気療養のため、七月の二日より三日間、宿下がりが許されたそうでございます」

と、西田が紋切型の口上を述べるようにいった。

「承知しました。伊豆守さまには、ご懸念なさらぬようお伝えくだされ」

岩井は、そういっただけだった。

西田が去ると、岩井はすぐに茂蔵と左近が仮寓している日本橋堺町の仕舞屋に足を運んだ。

滝園が宿下がりするまで、三日あった。その間に、できるだけ手を打っておきたかったのである。

仕舞屋には、茂蔵と左近がいた。ふたりは、岩井から話を聞いて顔をひきしめた。

「金森と滝園を討つ機は、一度しかない」

岩井が念を押すようにそういうと、

「為損《しそん》じるわけにはいきませんね」

と、茂蔵もいつになく緊張した顔でいった。左近の方は、ほとんど表情を変えないで、岩井と茂蔵のやり取りを聞いている。

岩井は、滝園と呼び捨てにした。滝園の悪業がはっきりし、討つ機が直前に迫ってきたためらしい。

「まず、敵の戦力だが、当日は仁蔵の手下も浜乃屋に集まっているとみねばなるまいな」

「仁蔵の手下は、十二、三人。喧嘩慣れして、腕が立つのは芝造の他に三人ほどいるようです。それに、厄介なのは、山瀬と高村でしょう」

「うむ……」

さらに、金森と原島の家臣も来ていると見ねばならない。

味方は四人、敵は多勢だった。まともにやりあったら滝園を討つどころか、こっちが返り討ちに遭うだろう。

「お頭、滝園さまが浜乃屋にむかう途中仕掛けたらどうです？」

茂蔵が訊いた。

「それはできぬ。町筋で駕籠を襲えば、大騒ぎになろう。われらが、賊として町方に追われることになるぞ。それに、滝園を仕留めたとしても金森は屋敷へもどってしまう。そうなったら、容易に討てなくなる」

いずれにしろ、町筋で襲ったら事件は露見し、闇に葬ることはできなくなるのだ。

「金森さまと滝園さまが離れに入ったころを見計らって侵入し、一気に仕留めるしか手はないようです」

黙って聞いていた左近が抑揚のない声でいった。

「わしも、そう思う」

「ですが、滝園さまが浜乃屋へ行くのは、まだ陽があるうちです。夜なれば、夜陰にまぎれて侵入することもできましょうが、明るいうちでは……」

茂蔵は戸惑うような顔をした。

「川だよ。幸い、浜乃屋の裏手は大川の川岸だ。舟で待機し、漕ぎ寄せて裏手から侵入するのだ。敵も、川から来るとは思うまい」

「なるほど」

茂蔵が得心したようにうなずいた。

それから、岩井は弥之助にもこのことを伝えるよう指示して、仕舞屋を出た。

6

その日は曇天だった。八丁堀川の川面には、秋の気配を感じさせる涼風が吹いていた。四ツ（午前十時）ごろである。八丁堀川にかかる中ノ橋ちかくの桟橋に舫ってある猪牙舟のなかに、岩井、茂蔵、左近がいた。

三人とも手ぬぐいで頬っかむりし、黒の半纏に股引という船頭のような格好をしていた。

半刻（一時間）ほど前、増上寺を見張っていた弥之助から、二挺の駕籠が出たという知らせを受け、用意しておいた舟に乗り込んで待機していたのだ。

「そろそろ、万吉があらわれてもいいころですが」

茂蔵は、さっきから土手の上の通りに目をやっていた。

万吉を浜乃屋のちかくで見張らせ、二挺の駕籠が冠木門をくぐったら知らせるよう指示しておいたのだ。

万吉は貧相な老爺だった。仁蔵の手下たちも、万吉のような腰のまがった年寄りが見張り役だとは思わないだろう。それがかえってよかった。

浜乃屋のちかくの路傍に、ぽつねんとかがみ込んで通りを眺めている万吉に目をとめる者はいなかった。

「お頭、滝園さまが浜乃屋に入ったようです」

万吉が、土手の上の路傍で手をまわしていた。それが、駕籠が入ったという合図である。

分かった、というふうに茂蔵が手を振ると、万吉がにんまり笑い、何か口にした。

「爺《じい》さん、何といったのだ」

岩井が、茂蔵に訊いた。

「お気をつけて、といったようでして」

茂蔵は苦笑いを浮かべながら竹竿をあやつり、猪牙舟を桟橋から離して、水押しを川下へむけた。

三人の乗る舟は八丁堀川を下り、湊稲荷につづく稲荷橋をくぐって大川へ出た。

前方に石川島と佃島が見えた。すぐ右手が本湊町である。

「あれが、浜乃屋でして」

茂蔵が右手の陸地を指差した。

ちかくにちいさな桟橋があり、その先にこんもりとした植木のなかに離れらしい柿葺《こけらぶ》きの屋根の一部がいくつか見えた。周囲を高い板塀が囲っている。

茂蔵は桟橋には着けず、すこし下流の狭い砂地に水押しを突っ込んで舟をとめた。汀《みぎわ》は低い石垣になっていて、砂地はそこだけである。辺りは町家の裏手になっていて、人影はなかった。

「あの桟橋は、浜乃屋の裏木戸から丸見えのようでしてね」

茂蔵が船底に丸めてあった菰をひろげながらいった。茂蔵は、この日のために舟で下見をしていたのである。

菰には、それぞれの差料と筒袖が隠してあった。岩井たちは半纏を脱いだ。念のために、下に鎖帷子《くさりかたびら》を着込んでいた。岩井と左近は筒袖に腕を通して大小を腰に帯びたが、茂蔵は小脇差だけだった。制剛流は武器を遣わないのである。

三人が舟から下りると、弥之助が町家の板塀の陰から姿をあらわし、駆け寄ってきた。弥之助は腹掛の上に法被《はっぴ》を羽織り、黒股引姿だった。職人か大工といった身装《みなり》である。

「どうだ、なかの様子は」

岩井が訊いた。

弥之助は増上寺から浜乃屋にまわり、岩井たちがこの砂地へ舟を着ける間に、なかの様子を探ることになっていた。

「はい、板塀の間からなかを覗いてみたところ、滝園さまらしき上臈が奥の左手の離れに入るのが見えました」

「金森は」

「さきほど、店に着いたようですが、離れにはまだのようです」

「すぐに、滝園と逢うであろう」

金森は滝園と逢瀬を楽しみながら、己の栄進を上さまや幕閣に働きかけるよう依頼するために、来ているのである。店に着けば、すぐに滝園の許に直行するはずだった。

「山瀬と高村はどこにいる？」

気になるのは、ふたりの居場所である。

「分かりません。……手下たちは、周囲に散って見張っているようです。滝園さまのいる離れのまわりにも、三人ほどいます」

「ともかく、一気に踏み込んで、滝園と金森を斬るしか手はない。わしと弥之助でなかに踏み込む。左近と茂蔵とで、まわりの手下を始末してくれ」

「承知」

茂蔵がいうと、左近と弥之助がうなずいた。

離れのなかにいるのは、滝園と金森だけのはずである。敵が集まる前に踏み込めれば、ふたりを討つことはたやすい。

岩井は金森が離れへ行くのを待つつもりで、いっとき間を置いてから、

「行くぞ」

と声をかけて、浜乃屋を囲った板塀の方へ小走りに移動した。

板塀は高く、越えて侵入するのは難しかった。裏木戸から侵入し、一気に滝園と金森のいる離れに踏み込むつもりだった。

「木戸のちかくにも、手下がおります」

走りながら弥之助がいった。

岩井は足をとめずに、左近と茂蔵の方に目をやった。ふたりとも、分かっているらしく、

ちいさくうなずいてみせた。

木戸があいた。

弥之助がすばやく走り込み、岩井、左近、茂蔵とつづいた。

木戸の両脇にひとりずつ、正面の離れの裏手にもうひとり、町人体の男が立っていた。仁蔵の手下である。

「来やがった！」

正面にいた男が声を上げた。

走りざま、弥之助が鉄礫《つぶて》を放った。

ギャッ！　と絶叫を上げて、男がのけ反った。鉄礫が男の額に当たったのである。

男は顔を両手でおおい、その場にがっくりと両膝を折ってうずくまった。

弥之助が鉄礫を打つのとほぼ同時に、茂蔵と左近が左右に走っていた。

左近は右手の男に迫り、抜きつけの一刀を袈裟に浴びせた。その斬撃が、ふところから匕首を取り出そうとした男の首根をとらえ、血飛沫が噴き上がった。男は呻き声を上げてよろめき、血を撒きながら倒れた。

左近の流れるような体さばきである。

一方、茂蔵は巨軀を躍らせて左手の男に飛び付き、襟をつかんでねじ伏せると、剛腕で首を絞め上げた。

頸骨の折れるにぶい音がし、がくりと男の首が前に垂れた。

弥之助と岩井は足をとめなかった。

一気に、滝園と金森のいる離れへ疾走した。

あっちだ！　裏手だ！　金森さまのいる離れへ！　などという声があちこちで起こり、慌ただしい足音がひびいた。仁蔵の手下や金森と原島の家士が、駆け寄ってくるようだ。

7

「お頭、あれです」

走りながら弥之助が前方の離れを指差した。

数寄屋造りのこぢんまりした家屋だった。人目を避けるためであろう、周囲を柘植《つげ》や椿《つばき》などの常緑樹がおおい、樹木の間を飛び石が戸口までつづいていた。

その戸口の脇に、警護の武士がひとり立っていた。金森の家士であろうか。見覚えのない顔だった。

「なにやつ！」

武士が叫びざま抜刀した。

目がつり上がり、構えた刀身が揺れていた。突然あらわれた岩井たちに度を失っているようだ。

岩井も抜刀し、八相に振りかぶったまま男の正面に疾走した。

武士は腰を引いて後じさった。岩井の激しい寄り身と気魄に圧倒されたらしい。

イヤアッ！

甲声《かんごえ》を発しざま、岩井は袈裟に斬り込んだ。

牽制も誘いもない、ただ正面から斬り下ろすだけの凄まじい斬撃だった。

武士は腰を引きざま刀身を上げて、この斬撃を受けた。

が、斬撃の激しさに押されて、刀身が下がった。

刀身はそのまま武士の肩口へ入り、鎖骨までも截断した。岩井は受けた武士の刀身ごと斬り下げたのである。

さらに岩井の斬撃の圧力に押され、武士は喉の詰まったような呻き声を上げて尻餅《しりもち》をついた。

「とどめだ！」

岩井は身を起こそうとした武士の胸を刀身でつらぬいた。

この間、弥之助が離れの戸口へむかい、引き戸をあけた。

「お頭、ふたりが！」

弥之助が昂った声を上げた。

見ると、土間ちかくの座敷に武士体の男がひとり立ち、奥に敷かれた夜具のそばに女がひとり座していた。ほっそりとした色白の年増である。白地の合着、中かもじと呼ばれる後ろで何箇所か束ねた長い髪。脇の衣桁《いこう》に、黒地に艶《あで》やかな花と滝を刺繡《ししゅう》した打掛がかけてある。

一目で高貴な上臈と知れた。

「男は、金森さまです」

弥之助が小声でいった。これまでに、弥之助は金森を見張り、登城時の姿を見ていたのである。

「ぶ、無礼であろう！」

金森がひき攣った声を上げた。顔が蒼ざめ、瘦身がわなわなと顫えている。

「お命頂戴いたす」

岩井が一声上げ、血刀をひっ提げたまま踏み込んだ。

「狼藉者じゃ、出会え！」

叫びざま、金森は後ろをむき奥へ逃れようとした。

が、足元にあった座布団に足を滑らせて前に泳ぎ、廊下側の障子に手をつっ込んで足がとまった。

岩井はすばやく身を寄せ、金森の背後から刀で突き刺した。

刀身が金森の背から胸部をつらぬき、切っ先が五寸ほども抜けた。

金森は呻き声とともに身を反らせたが、つっ込んだ手でバリバリと障子を破りながら腰を沈めてその場にうずくまった。岩井の刀身が心ノ臓を突いたのである。

そのとき、滝園が、ヒィーッという喉の裂けるような悲鳴を上げて、金森の方に這ってきた。そして、うずくまっている金森の後ろから抱きついた。身を顫《ふる》わせて、金森の体を抱きかかえている。

戸口の方で、駆け寄ってくる数人の足音と植木の葉叢を分ける音がした。そしてすぐに、男たちの叫び声や気合、剣戟の音などがひびき、辺りが騒然となった。駆け付けた敵勢に茂蔵と左近が立ち向かっているようだ。

「お頭、わたしも外で」

いい残すと、弥之助は戸口から飛び出した。座敷にいるのは、滝園ひとりである。この場は、岩井に任せていいと踏んだようだ。

「そなた、何者じゃ！」

滝園は目をつり上げて岩井を睨みつけた。

動かなくなった金森の体を抱きかかえたままである。

紙のように蒼ざめた顔が怒りと狂気を帯びていた。般若のような凄艶《せいえん》な面貌《おもて》である。

「われらは影目付、冥府《めいふ》から迷い出た亡者にございます」

岩井はくぐもった声でいった。

岩井の顔も豹変していた。茫洋とした顔を冷酷な翳がおおい、双眸が炯々《けいけい》とひかっている。まさに、亡者のように不気味な顔だった。

「なにゆえ、わらわたちを殺す！」

滝園は激しく身を顫わせ、ひき攣った声を上げた。

「恋慕《いろ》に狂いし者を仕置する所存。御免……」

岩井は刀で滝園の胸を突いた。

一瞬、滝園は背をつっ張って岩井を見つめたが、ガクッと首が前にかしいだ。白絹地の合着に鮮血がにじみ、牡丹のように見えた。真紅の血が見る間にひろがり、艶やかな花叢が滝園のほっそりした体をつつんでいく。

岩井が刀身を引き抜くと滝園は、金森に寄りかかるように前に倒れ、そのまま動かなくなった。

滝園と金森は身を寄せ合ったまま血潮に染まっている。ふたりは、真紅の花叢につつまれて一体となった。

岩井は佇立したままふたりに目をやったが、

「長居は無用」

とつぶやき、外へ飛び出した。

戸口の脇に弥之助が身をかがめて、鉄礫を打っていた。庭木の陰に三人の男が身を寄せて、鉄礫の攻撃を避けている。

その庭木の先で、左近と茂蔵が戦っていた。男たちが入り乱れ、気合や怒号が飛び交い、白刃が交差している。

町人体の男たちに混じって武士もいた。茂蔵と左近が押されている。山瀬と高村もいるようである。

「斬れ！　斬ってしまえ！」

甲走った声を上げているのは、仁蔵だった。

武士と仁蔵の手下が総勢、十数人。いずれも血走った目をして、茂蔵と左近を取り囲んでいる。

茂蔵と左近の肩口や胸に血の色が見えた。手傷を負ったのか、返り血か。いずれにしろ、このままでは、敵の手に落ちる。

「引け！」

岩井が声を上げて、茂蔵と左近たちの方へ走った。すぐ後ろから、弥之助が鉄礫を打ちながらついてくる。

岩井は白刃を振りかざし、茂蔵と左近を取り囲んでいる男たちのなかへ躍り込んだ。

ワッ、と声を上げて、数人の男たちが逃げ散った。弥之助の鉄礫を受けてうずくまる者、岩井の斬撃から逃れようと、柘植の植え込みの陰へまわる者、尻餅をついて這って逃れる者――。

そうした動きで、囲みの一角がくずれた。

「いまだ、逃げろ」

いいざま、岩井が刀身を横に払った。

前に立ちふさがった武士の片腕が虚空に飛び、すさまじい絶叫を上げて後ろへよろめいた。その間隙をついて、岩井が突進した。茂蔵と左近も、囲みのくずれた間を突き進んだ。

「逃がすな、追え！」

仁蔵が声を上げた。

男たちがばらばらと走り、逃げる岩井たちに追いすがってくる。

8

岩井は裏木戸から外へ走り出た。

すぐ後ろを弥之助と茂蔵がついてくる。

岩井は息が上がっていた。顔が怒張したように赭黒く染まり、心ノ臓がふいごのように鳴っている。

左近はすこし遅れているようだった。最後尾の弥之助の後ろから、仁蔵の手下と数人の武士が追ってくる。そのなかに、牢人体の姿もあった。山瀬である。

弥之助が後ろを振り向きざま、鉄礫を打った。

悲鳴を上げて、町人体の男がひとり足をとめてうずくまった。敏捷で足の迅い弥之助は走りながらでも、鉄礫を打って敵を斃すことができるのだ。

弥之助の攻撃で、追ってくる男たちとの間があいた。鉄礫を警戒して、足が遅くなったのである。

岩井たちは、板塀沿いを走った。砂浜に着けてある猪牙舟は目の前である。舟に乗り込めば、男たちの手から逃れることができるはずだ。

岩井は背後を振り返った。

左近が裏木戸から走り出たところだった。岩井たちを追ってくる山瀬たちから半町ほども後方である。

……まずい！

と、岩井は思った。

自分たちは逃げられても、左近が後を追ってくる男たちと前にいる山瀬たちとに挟み撃ちに遭う。

左近の危機に気付いた茂蔵が、

「お頭、舟を裏木戸の方にまわしましょう」

と、いった。舟を桟橋にまわし、左近を救出する気のようだ。

「よし、舟を出せ」

岩井が船縁を飛び越えた。

茂蔵と弥之助が舟を押し出し、砂浜から離れたところで飛び乗った。

左近の背後から高村と芝造が迫ってきた。

離れの前で囲みを破るとき、金森の家士のひとりが前に立ちふさがったために逃げ遅れたのである。

ただ、敵の多くが岩井たち三人を追ってその場を離れたので、左近も家士を斬って木戸から逃れ出ることができたのだ。

このとき、岩井たちは猪牙舟に乗り込むところだった。

……逃げられぬ！

左近は山瀬たちが引き返してくるのを目にした。背後からは、高村たちが追ってくる。このままでは、取り残された自分だけが挟み撃ちに遭う。

咄嗟に、左近は足をとめて反転した。

本能だった。どうすればよいか、思いついたわけではない。多くの修羅場をくぐってきた本能が、勝手に体を動かしたのだ。強いていえば、後方からのふたりの方が戦いやすいと頭のどこかで思ったのかもしれない。

ヤアッ！

短い気合を発し、左近が高村に斬り込んだ。

振りかぶりざま、高村の真っ向へ。

捨て身の一刀といっていい。構え合うこともない唐突な仕掛けに、高村がたじろいだ。一瞬のたじろぎに、高村の反応が遅れた。

だが、高村も剣の手練である。次の瞬間、体《たい》をひらきざま斜に刀身を払っていた。

左近の斬撃は高村の肩口を斬り落とし、高村のそれは左近の胸を浅く斬り裂いた。

一瞬、両者はすれちがい、足をとめて反転し、ふたたび切っ先を向け合った。

グラッ、と高村の体が揺れた。

顔がゆがみ、右肩が割れて腕がぶら下がった。高村の右腕の付け根を、左近の一撃が斬り下げたのだ。血が迸《ほとばし》り出て、半身を赤く染める。

高村は右腕を左手で押さえながら、たたらを踏むようによろめいた。

一方、左近の胸からも血が流れ出たが、皮肉を浅く裂かれただけである。

「ちくしょう！」

芝造が脇から、匕首を手にしてつっ込んできた。

左近は脇へ跳びながら、鋭く斬り下げた。血が飛び散り、芝造の右腕が匕首を握ったまま足元に落ちた。

ギャッ！　というすさまじい絶叫を上げ、芝造は血を撒きながら後じさった。

まさに、鬼神だった。左近の顔は返り血を浴びて真っ赤に染まり、双眸が狂気を帯びたようにひかっている。

左近は高村も芝造も追わなかった。

山瀬たちが迫っていた。山瀬たちに取り囲まれたら切り抜けることはできない。左近は反転し、浜乃屋の裏木戸の方へ駆けもどった。

そのときだった。大川の川面から、

「左近、桟橋へ逃げろ！」

と、茂蔵の声がひびいた。

見ると、岩井たちを乗せた猪牙舟が桟橋の方へまわり込んでくる。

左近は桟橋へつづく短い石段を駆け下り、桟橋に渡した厚い板を踏み鳴らして走った。

山瀬たちが追ってくる。

「左近さま、早く」

弥之助が立ち上がって、山瀬たちに鉄礫を打った。

山瀬たちが身をかがめてその攻撃を避けている間に、左近は桟橋に船縁を寄せた舟に飛び乗った。

すぐに、舟は水押しをまわして桟橋を離れた。

桟橋に二艘、猪牙舟が舫ってあったが、山瀬たちは追ってこなかった。舟の上で鉄礫を浴びせられたら、避けられないと踏んだのであろう。桟橋に立ったまま、無念そうな顔で遠ざかっていく舟を見送っている。

岩井たちを乗せた舟は、大川のなかほどに出てから浅草方面へさかのぼり始めた。

「左近、鬼のような顔だぞ」

岩井が顔をくずしていった。

「お頭たちも、ひどい顔です」

めずらしく、左近が白い歯を見せて笑った。

茂蔵も弥之助も笑っている。四人はお互いの顔を見合って声を上げて笑った。腹の底からおかしさが込み上げてきた。

危機を脱した安堵と極度の緊張から解放された笑いだった。

第六章　恋慕

1

武家屋敷の甍《いらか》のむこうに陽が沈み、通りを屋敷林の長い影がおおっていた。ふたりの男が、路傍の欅の樹陰に身を寄せ、通りに目をむけている。

岩井と左近である。

ふたりがいるのは、神楽坂《かぐらざか》を下ってしばらく西に歩いた通りだった。坂の先に、牛込御門が淡い夕闇にかすんでいる。

ふたりが身を寄せている欅から半町ほど離れた武家屋敷の築地塀《ついじべい》の陰に、もうひとつ人影があった。そこに身をひそめているのは、茂蔵だった。

原島頤次郎の屋敷が、岩井たちのひそんでいる場所から一町ほど先の左手にあった。原島は、登下城時にこの通りを使っていた。

四人は、下城する原島を待ち伏せしていたのである。

浜乃屋に侵入し、滝園と金森を討ちとってから五日経っていた。岩井たちがここに待ち伏せするのは、二度目だった。一度目は一昨日。その日、原島は所用で別の屋敷に立ち寄ったらしく、まわり道をしてこの道を通らなかった。

「お頭、今日も無駄骨でしょうか」

左近が小声でいった。

「どうかな。今日は、ここを通ると思うが」

度々、下城時に他家へ立ち寄るとは思えなかった。

時とともに夕闇が忍び寄り、道筋がうす暗くなってきた。通りはひっそりとして、人影もない。ときおり、近くの武家屋敷からくぐもったような男の声が聞こえてくるだけである。

「お頭、来ました」

左近が声を殺していった。

通りを走ってくる黒い人影が見えた。弥之助である。闇に溶ける濃い茶の筒袖に同色のたっつけ袴。夜走獣のように疾走してくる。

「お頭、原島が来ます」

弥之助が声をはずませて報らせた。

原島が下城する道筋の先で、弥之助は見張っていたのである。

「供の者は」

「八人」

「やるしかあるまいな」

原島は通常、五、六人の供揃えで登下城していた。岩井たちの襲撃を警戒して、供の者を増やしたのであろう。

岩井はふところから黒覆面を取り出し、すばやく顔を隠した。左近も同じように覆面をした。八人もの従者を始末することはできない。後顧の憂いを断つためにも、顔を見られたくなかったのだ。

「では、わたしは茂蔵どのの方へ」

そういい残して、弥之助は芝蔵のひそんでいる方へ走った。

原島の逃げ道をふさぐよう、前後から仕掛ける手筈になっていたのである。

弥之助の姿が見えなくなっていっときすると、通りの先に足音がし、いくつかの人影が見えた。

原島と従者たちである。原島は徒歩だった。裃に袴姿で、二刀を帯びている。前に袴の裾を端折った若党が三人、脇に侍がひとりついていた。それに、槍持ちがひとり、草履取りと挟み箱をかついだ中間が三人したがっていた。常の供揃えより若党を増やしたようである。

「高村ほどの遣い手はおるまい」

すでに、左近が高村を斃していた。若党も侍も二刀を帯びていたが、恐れるほどの相手ではないと岩井は読んだ。

原島は、ひそんでいる岩井たちの前を足早に通り過ぎていく。大きな顔がこころなしかこわばっていた。

そのとき、原島たち一行の前方にふたつの人影があらわれ、道をふさぐように立った。茂蔵と弥之助だった。

原島たちの足がとまり、一行に緊張がはしった。茂蔵と弥之助が足早に近付いてくる。

狼藉者だ！　殿をお守りしろ！　などと叫びながら三人の若党が腰の刀に手を添え、原島の脇にいた侍が前に走り出た。

「いまだ！」

いいざま、岩井が樹陰から走り出た。左近がつづく。

ふたりは抜き身をひっ提げ、一気に原島に駆け寄った。

「殿さま、後ろからも！」

中間のひとりが悲鳴のような声を上げて、後じさった。

中間たちは恐怖に顔をゆがめ、我先に逃げ散った。岩井たちの白刃を見て、追剝ぎや辻斬りの類ではないと思ったのだろう。

さすがに、若党と侍は逃げなかった。ふたりの若党が原島の後ろにまわり、岩井たちに応戦しようと切っ先をむけてきた。

だが、腰が引け、構えた刀身が笑うように震えている。刀は差しているが、斬り合った経験はないようだ。

「どけ、うぬらに用はない」

岩井は声を上げ、原島の前に立った長身の若党との斬撃の間に一気に踏み込んだ。

若党が腰を引いたまま手だけ伸ばして、斬りかかってきた。

その刀身を、岩井が強く弾くと、若党は体勢をくずし脇へよろめいた。ほぼ同時に、左近はもうひとりの若党の手元に斬り込んでいた。右腕を深くえぐられた若党は、悲鳴を上げて脇へ逃げた。

ひとりになった原島の前に、岩井が立ちふさがった。

「原島願次郎、覚悟いたせ」

岩井は刀身をふりかぶった。

「ま、待て！　うぬの望みはなんだ。金か、仕官か、何なりともうせ」

激しく身を顫わせながら、原島がいいつのった。

「望みは、そこもとの命」

いいざま、岩井が原島の真額に斬り下ろした。

にぶい骨音がし、原島の額から顎にかけて血の線がはしった。

次の瞬間、原島の顔がふたつに割れ、血と脳漿《のうしょう》が飛び散った。原島は腰からくだけるようにその場に転倒した。悲鳴も呻き声も上げなかった。即死である。

「うぬら、命が惜しくば去《い》ね！」

一喝するように岩井が叫ぶと、若党や侍は蒼ざめた顔で後じさり、反転して逃げ出した。

「始末がつきましたね」

茂蔵が岩井に歩を寄せていった。

「残るは、仁蔵と山瀬か」

「はい」

「長居は無用。われらも、退散いたそう」

岩井は懐紙で刀身の血をぬぐって納刀すると、足早にその場を離れた。

左近たち三人も、岩井の後についた。

夕闇が町筋をおおい、遠ざかっていく四人の後ろ姿が闇のなかにかすんでいく。

2

流しで水音がする。佳枝が洗い物をしているのだ。

座敷で横になっていた山瀬は身を起こし、佳枝の方に目をやった。すこしくずれた髷に、飴《あめ》色の櫛が挿してあった。山瀬が買ってやった黄楊の櫛である。

「佳枝」

山瀬が声をかけた。

「なんです」

佳枝は瀬戸物を洗う手をとめて、山瀬に顔をむけた。

「おれの物が長持にしまってあるが、おまえが使ってもよいのだぞ」

座敷の隅に、主に山瀬が幕臣だったころ身に着けた衣類などを入れた長持があった。

「なんで、そんなこと」

佳枝は戸惑うような顔をして山瀬を見た。山瀬が何をいいたいのか、分からないようだ。

「なに、しばらく着ることもないと思ってな。仕立直しをすれば、おまえが着られる物もあるかもしれん」

「何をいってるんです。おまえさまの物ですから、おまえさまが着られるように、直しますよ」

佳枝は微笑を浮かべてそういうと、また山瀬に背をむけて洗い物を始めた。

「まァ、好きなようにしてくれ」

山瀬は、それ以上口にしなかった。

山瀬の真意は衣類にあったのではない。長持のなかに蓄えてある五十両余の金にあった。このところ、仁蔵の依頼を受けた殺しや警護などで得た金が長持のなかにしまってあったのだ。

岩井たちが浜乃屋に侵入して滝園と金森を斬り、さらに五日後、原島が下城時に何者かに襲われて落命してから三日経っていた。山瀬は原島も同じ一味に斬られたのだろうと思っていた。

……何者なのか知らぬが、いずれも遣い手だ。

山瀬が名を知っていたのは茂蔵と左近だけだったが、岩井とは湊稲荷のちかくで剣を合わせていたし、弥之助のことも知っていた。

浜乃屋を襲った一味は、町方でもないし火付盗賊改でもなかった。隠密のような幕府の影の組織ではあるまいか、と山瀬は思っていた。

山瀬は滝園の存在を知ってから、仁蔵や原島たちが何の目的で何をしてきたのか見当がついた。さらに、一味が仁蔵や原島たちの奸策を阻止しようとして動いていることも知った。そして、一味が、滝園、金森、原島を相次いで斬ったことから、

……やつらは手段を選ばず、闇に葬ろうとしている。

と、察知した。

おそらく、大奥の不義密通が露見するのを恐れての処置であろう。となると、次は仁蔵である。当然、自分も見逃しはしないだろう。山瀬は佳枝を連れて江戸から逃走することも考えた。

だが、女連れの流浪の旅がいかに過酷であるか、山瀬は知っていた。これ以上、佳枝を苦しませたくはなかった。それに、山瀬はひとりの剣客として、左近や湊稲荷のちかくで剣を交えた武士と立ち合ってみたい、との思いもあった。

……いずれにしろ、おれの命は長くあるまい。

と、山瀬は覚悟していた。

剣の勝負がどうなろうと、幕府の影の組織は見逃しはしまい、と山瀬は思ったのだ。

ひとり残されるであろう佳枝のために、せめて金だけでも残してやりたい、そう思って、山瀬は蓄えた金を自分の物として使ってよい、と佳枝に伝えたのである。

その日の午後、山瀬は浜乃屋に出かけた。仁蔵から、そばにいてくれと懇願されていたからだ。仁蔵も、自分の命が狙われていることは察知していたのである。

「山瀬さま、こうなると、頼りになるのはあなたさまだけです」

山瀬が浜乃屋に顔を出すと、仁蔵はこわばっていた顔をいくぶんくずした。

このところ仁蔵は、ほとんど浜乃屋から出なかった。よんどころない用件で外出するときは、何人も手下を連れ賑やかな町筋を選んで歩くようにしていた。茂蔵たち一味を恐れていたのである。

「ここに押し込んでくるかもしれんぞ」

山瀬は帳場にいる仁蔵のそばに腰を下ろしていった。

浜乃屋も安全とは思えなかった。高村が落命し、芝造も右腕を失って役に立たなかった。十数人いた手下も、十人ほどに減っている。四人の手練に襲われたら、逃げ切れないだろう。

「分かってます。ですが、わたしにはここより他に居場所はないんです」

仁蔵は震えを帯びた声でいった。

「町方にでも、訴えたらどうだ」

「そ、それは、できません。……わたしらがやったことが知れれば、死罪ですよ」

そういって、仁蔵は苦渋に顔をゆがめた。

「ならば、覚悟を決めるんだな」

山瀬は子分たちに長脇差や竹槍でも持たせておけば、戦えないことはないと思い、そのことを話すと、

「それも手でしょうが、ここが襲われたときは、わたしの子分にくわえ、山瀬さま、高村さま、それに金森さまと原島さまの家臣の方が七人もいたんですよ。それでも、ふたりは殺されちまった。……それに、いつ襲ってくるかしれないんです。このままじゃァ、夜もおちおち寝られやしません」

仁蔵は苛立ったようにいった。

「まァ、そうだろうな」

「それで、しばらく、江戸を離れていようと思うんですよ」

仁蔵が山瀬に目をむけて、急に声を落とした。

「どこへ行く」

「上州へでもね。……それで、山瀬さまに、おりいってお願いがあるんですがね」

仁蔵は山瀬を見つめたままいった。不安そうな翳が消え、目に狡猾そうなひかりが宿っている。

「なんだ？」

「わたしらに、同行していただけませんかね」

仁蔵は腕のいい子分を三人ほど連れていくという。それに、山瀬が同行してくれれば、道中心強いというのだ。

「用心棒か」

「まァ、そうで。……むろん、ただとはいいませんよ。五十両でどうです。それに、高崎宿までで結構です。高崎に、むかしの知り合いがいますんでね」

仁蔵によると、賭場の貸元をしていたとき、草鞋《わらじ》を脱いだことのある博奕打ちが、高崎宿で親分になっているという。そこに、二、三年匿《かくま》ってもらい、ほとぼりが覚めたころ江戸にもどってくるというのだ。

「よかろう、いつだ」

山瀬は、いつまでも仁蔵のそばについているわけにもいかなかった。それに、高崎までなら、そう遠くもない。

「こうなったら、早い方がいい。明日の早朝にでも……」

「明日か」

それにしても早い、と山瀬は思った。

「旅の支度はこっちでいたしやす。なにせ、今夜にも押し入ってくると思うと、一日も凝《じっ》としてはいられませんでね」

「では、一度、長屋にもどって出直してこよう」

山瀬は、何か理由をつけて半月ほど長屋を留守にすることを佳枝に伝えてこようと思った。

山瀬は慌ただしく浜乃屋を出ていった。


その山瀬の姿を見ていた者がいる。弥之助である。弥之助は、浜乃屋の斜向かいにある米屋の土蔵の脇から浜乃屋の冠木門に目をやっていた。土蔵の脇に葉を茂らせた椿があり、その樹陰に身を寄せると、通りから弥之助の姿は見えなかったのだ。

……もう、帰《けえ》るぜ。

弥之助は、山瀬が冠木門をくぐってなかに入るのも見ていた。仁蔵の用心棒として浜乃屋にとどまるだろう、と思っていたのに、小半刻（三十分）もすると、店から出てきたのだ。

……尾けてみるか。

弥之助は山瀬の跡を尾け始めた。

黒の法被に股引。手ぬぐいで頰っかむりした弥之助の姿は、大工か船頭といった格好だった。通りには人影があったが、弥之助に不審の目をむける者はいなかった。

山瀬もまったく後を振り返らなかった。せわしそうに、八丁堀川沿いの道を京橋の方へ歩いていく。

山瀬は京橋を渡ると、賑やかな日本橋通りへ出て日本橋の方へむかった。

……やつは、長屋にもどる気だぜ。

弥之助は山瀬の長屋が日本橋瀬戸物町にあるのを知っていた。

思ったとおり、山瀬は瀬戸物町に入り、辰兵衛長屋につづく路地木戸をくぐっていった。

どうしたものか、と弥之助は迷ったが、せっかくここまで来たのだから山瀬の住む長屋を覗いてやろうと思った。

路地木戸をくぐると、突き当たりに井戸があり、その先に棟割り長屋が三棟あった。あちこちで女や子供の声がしたが、付近に人影はなかった。

溝板《どぶいた》を踏む音がしたので、そっちに目をやると、右手の長屋の前を歩いている山瀬の後ろ姿が見えた。

井戸端の陰につくばって見ていると、山瀬は手前から二つ目の部屋へ入っていった。

弥之助は足音を忍ばせ、山瀬が入っていった部屋の腰高障子のそばに近寄った。いったん、戸口ちかくで足をとめたが、ここに長くとどまることはできない。いつ、別の部屋から住人が出てくるか、知れないのだ。

障子のむこうから、女の声が聞こえた。

……半月も、留守にするのですか。

声の主は、武家言葉だった。山瀬の妻女であろう。

……道場の代稽古を頼まれたのだ。道場主がのっぴきならぬ用件で、江戸を離れるというのだ。その間、稽古をみてくれと頼まれてな。場所が中山道の板橋のちかくなのだ。通うには遠過ぎる。

山瀬の声だった。

……それで、いつ発《た》たれるのですか。

女の声には不安そうなひびきがあった。

……先方は急いでいてな。明日の朝稽古から見てくれという。これから、すぐに発つつもりだ。

……そ、そんな。

女が声をつまらせた。急な出立《しゅったつ》に、困惑しているようである。

……いや、何も用意はいらぬ。先方は平素のまま来てくれ、といってるのでな。それに、先方の用がすめば、もっと早くもどれるかもしれぬ。

山瀬がそういったとき、その先の腰高障子があいて、芥子坊頭《けしぼう》の男児《おとこのこ》がふいに飛び出してきた。

弥之助は反転して、井戸端の方へ歩きだした。背後で、足音が聞こえなかった。男児は足をとめたままらしい。背中にそそがれている男児の目を感じたが、弥之助は振り返らなかった。

弥之助は井戸端のところまで来て振り返った。男児は、さっきの所につっ立ったままこっちを見ていた。

弥之助が笑いかけると、ぷいとそっぽをむき、ふいに背をむけて駆けだした。溝板を踏む弾むような音とともに、男児の姿が遠ざかっていく。

弥之助はそのまま路地木戸をくぐって通りへ出た。

3

弥之助から報らせを受けた岩井は、明朝、仁蔵たちは江戸から逃走する、と読んだ。岩井は、すぐに茂蔵と左近に連絡して亀田屋の離れに集め、仁蔵たちを待ち伏せるための策を練った。

「何人いるか分からぬが、そう多勢ではないだろう」

岩井がいった。

「腕のたつのは、山瀬だけでございましょう」

茂蔵が、われら四人で十分です、といい添えた。

岩井もそうだろうと思った。腕の立つ手下を失ったからこそ、仁蔵は江戸から逃げようとしているのである。

「一気に始末しよう」

岩井は、仁蔵一行を尾行して奇襲するほどのことはないと思った。

その夜遅く、弥之助を浜乃屋の見張りにやり、他の三人は京橋ちかくで待つことにした。どの街道を使うにしろ、京橋ちかくを通るはずだと踏んだのである。

岩井、茂蔵、左近の三人が京橋のたもとに着いたのは、払暁《ふつぎょう》前だった。東の空がかすかに明らんでいたが、まだ辺りは夜陰につつまれ、頭上の星もかがやいていた。

「お頭、山瀬はわたしにやらせてもらえますか」

左近が静かな声音でいった。

左近は山瀬と八丁堀川沿いの通りで立ち合ったことを話し、勝負をつけたい、と重いひびきのある声でいった。左近の双眸が、鋭いひかりを宿していた。ひとりの剣客として山瀬と立ち合いたいらしい。

「よかろう」

岩井は承知した。剣に生きる者の気持が、岩井には分かったのである。

岩井たち三人が京橋のたもとに着いて、小半刻（三十分）ほどしたときだった。八丁堀川沿いの道を駆けてくる人影が見えた。弥之助である。

「仁蔵たちが、浜乃屋を出ました。こっちにむかっています」

弥之助は走りづめできたらしく、声を弾ませていった。

「何人だ」

岩井が訊いた。

「五人です」

弥之助によると、仁蔵、山瀬、芝造、それに手下がふたりだという。いずれも旅装束で、子分たちも長脇差を腰に差しているそうだ。岩井たちの目を逃れるため、払暁前に旅立つつもりなのだろう。

「よし、中ノ橋ちかくでやろう」

まだ、辺りはうす暗く通りに人影はなかったが、京橋付近は夜明けとともに旅人や朝の早いぼてふりが姿を見せるはずである。できれば、だれにも目撃されずに仁蔵たちを始末したかったのだ。

「承知」

ひとつうなずいて、茂蔵が駆けだした。弥之助が後につづく。

ふたりは岩井たちより先に行って仁蔵たちを待ち、原島のときと同じように挟み撃ちにする手筈になっていた。

岩井と左近は手早く袴の股だちを取り、ふところから細紐を出して両袖を絞った。そして、足早に八丁堀川沿いの道を歩きだした。

東の空が茜色に染まり、川面から乳白色の靄が立ちのぼっていた。空が青さをましてきている。

前方左手に中ノ橋が見えてきた。だいぶ辺りが明るくなってきて、遠方で一番鶏の声が聞こえた。払暁である。

「お頭、来ました」

左近が小声でいった。

明らんできた通りの先に黒い人影が見えた。旅装束の男たちが、足早にこっちへむかってくる。

ふたりは、右手の町家の軒下に身を寄せた。まだ、夜の闇が残っていて、ふたりの姿を隠してくれた。

仁蔵たちが半町ほどに近付いたとき、岩井と左近は、ゆっくりとした足取りで通りへ出た。

「やつらだ！」

前にいた手下のひとりが、声を上げた。

足をとめた仁蔵は逃げ道を探すように周囲に目をやった。右手は八丁堀川で、左手は町家と雑草の茂った空地になっている。

「親分、後ろからも！」

別の手下が叫んだ。

茂蔵と弥之助が、仁蔵たちの背後から走り寄ってきた。

「や、殺っちまえ！」

仁蔵が手にした菅笠《すげがさ》を脇に放り投げた。逃げ道はなく、やるしかないと踏んだようだ。

山瀬と手下たちも菅笠や振り分け荷物などを路傍に投げ、次々に長脇差を抜き放った。

弥之助と茂蔵が、背後から駆け寄ってくる。ふたりの子分が後ろをむき、応戦しようと長脇差を構えた。いずれも、蒼ざめ顔で目をつり上げている。

「山瀬、立ち合え」

そういって、左近が山瀬の前に立った。

「望むところ」

山瀬は抜刀し、左近と対峙した。

左近は青眼、山瀬は切っ先で天空を突くような高い八相に構えた。以前対戦したときと同じ構えである。

両者の間合は三間の余。まだ、斬撃の間からは遠かった。

左近は切っ先を山瀬の左眼につけ、剣尖に気魄を込めた。切っ先が、そのまま突いてくるような威圧を生むはずである。

山瀬も全身に気勢をみなぎらせ、斬撃の気配をみせた。その大樹のような大きな構えには、おおいかぶさってくるような威圧があった。

4

岩井は仁蔵の前に迫った。

「野郎、た、たたっ斬ってやる！」

仁蔵は憤怒と恐怖に顔をひき攣らせ、長脇差を岩井にむけた。激しい興奮で切っ先が、ワナワナと震えている。

仁蔵の脇に、左手に長脇差を持った芝造が立っていた。右手を失った芝造は、長脇差の柄《つか》頭《がしら》を胸に当て、背を丸めるようにして持っていた。

いきなり、芝造は喉のつまったような甲声を上げ、体ごとぶち当たるように長脇差を突いてきた。捨て身の攻撃である。

岩井は体《たい》をひらきながら、鋭く刀身を斬り下ろした。

前に伸びた芝造の左腕が長脇差ごと、足元に落ちた。ギャッ！　とすさまじい絶叫を上げ、芝造は断られた左腕の截断口を腹に抱え込むようにしてうずくまった。その首筋に、岩井の一閃がのびる。

骨肉を断つにぶい音がし、芝造の首が前にかしいだ。首根から血が噴出し、手下は血を撒きながらその場につっ伏した。

両手と首のない死体が、血海のなかに転がった。なんとも凄惨な光景である。

ヒイッ、と喉を裂くような悲鳴を上げて、仁蔵が後じさった。目をつり上げ、総毛立ったように身を顫わせている。岩井の凄絶な斬殺を目にして、恐怖に襲われたようだ。

「冥府へ、送ってくれようぞ」

岩井はすばやく間をつめた。

仁蔵は逃げようとして反転した。そこへ、岩井が踏み込み、背後から刀身を横一文字に一閃させた。

かすかな骨音とともに仁蔵の首が前に垂れ、首根から赤い帯のように血が奔騰した。

仁蔵は血を噴出させながら、よたよたと前に歩いたが、ふいに腰から砕けるように転倒した。横臥した仁蔵はピクピクと四肢を痙攣させていた。だが、それもいっときで、血の噴出が収まるとともに動かなくなった。

岩井は左近の方に目を転じた。


左近と山瀬は一足一刀の間境《まざかい》の手前にいた。青眼と八相に構えたまま動きをとめている。痺れるような剣気が、ふたりをつつんでいた。

岩井が左近の方に歩を寄せようと身を動かした刹那、両者の切っ先がピクリと動き、体に斬撃の気が疾《はし》った。岩井の動く気配が、ふたりの剣の磁場を破ったのだ。

次の瞬間、
イヤアッ！

タアッ！

大気をつんざくような気合とともに、ふたりの体が躍動した。

山瀬が踏み込みざま八相から袈裟に。

左近は右手に体をひらきざま逆袈裟に。

二筋の閃光が疾り、ふたりの体が疾風のように交差した。

ふたりは間合をとって反転し、ふたたび切っ先をむけ合った。

青眼と八相。三間余の間合をとって対峙したふたりは動きをとめた。

ふいに、山瀬の顔がゆがんだ。

山瀬の左手の甲から血が流れ出ている。深く肉が削《そ》げ、傷口から白い骨が覗いていた。体をひらきざま揮った左近の逆袈裟の太刀が、山瀬の手の甲を襲ったのである。

一方、左近の左肩の着物が裂け、肩口に血の線が見えた。浅い傷だったが、山瀬の切っ先がとらえたようだ。

「まだだ！」

山瀬は甲走った声でいった。

左手が自在に動かないようだ。流血が手首をつたい、足元にタラタラと滴り落ちている。

長引いては不利と思ったらしく、山瀬はすぐに間合をつめ始めた。

左近は青眼に構えたまま塑像のように動きをとめていた。気を鎮め、山瀬の斬撃の起こりをとらえようとしているのだ。

イヤアッ！

山瀬は鋭い気合を発し、遠間《とおま》から仕掛けてきた。

初太刀の袈裟斬りを捨て太刀にし、二の太刀に勝負を決しようとしたのだ。

だが、左近は動かなかった。山瀬の遠間からの仕掛けを見切っていた。

八相から袈裟に斬り下げられた山瀬の切っ先は、左近の鍔元をかすめて空を切った。

次の瞬間、両者は鋭い気合とともに斬り込み、弾き合うように背後へ跳んでいた。

離れ際の一瞬の動きだった。山瀬は二の太刀を逆袈裟に上げ、左近は青眼から突き出すように山瀬の籠手へ斬り込んだのだ。

山瀬の右手が手首のちかくで截断され、足元に落ちた。左近の切っ先がとらえたのである。

山瀬の逆袈裟の太刀は、左近の袖口をかすめただけだった。

山瀬の二の太刀には、刀身を返す間があった。その一瞬の間が、勝負を分けたのである。

「とどめを！」

一声叫んで、山瀬はその場にどかりと座り込んだ。

すかさず、左近は身を寄せ、刀身で山瀬の胸を突いた。山瀬は刀身を左手で握りしめたまま目尻が裂けるほど目を剝いて左近を見つめ、口元をゆがめて何かつぶやいた。

が、はっきりした声にはならなかった。ガクリ、と首が前にかしぎ、体から力が抜けた。

左近は、ヨシエ、と山瀬が口にしたように聞こえた。

左近が刀身を引き抜くと、山瀬はそのまま前につっ伏し、動かなくなった。

「終わったようだな」

岩井が左近のそばに歩を寄せてきた。

見ると、茂蔵と弥之助もそばに来ていた。路上に死骸が三体横たわっていた。仁蔵、山瀬、それに芝造である。手下ふたりは逃げたようだ。

「ご苦労だったな」

岩井が三人の男に目をやりながらいった。

「お頭、血が」

茂蔵がいった。

「返り血だよ」

岩井の顔を返り血が染めていた。岩井は、苦笑いを浮かべながら手の甲で返り血をこすった。

家並のむこうの東の空が茜色に染まっていた。頭上の空は青く、川面も水の色をとりもどしていた。日の出は間近である。

「夜が明けたようだな」

そうつぶやいて、岩井は足早に歩きだした。

三人の男たちが後につづく。

5

「お蘭、今夜は客だぞ」

銚子を手にしたお蘭に、岩井が笑いながらいった。

嘉膳の二階の座敷に、岩井、茂蔵、左近、弥之助、お蘭の五人が顔をそろえていた。今夜は、茂蔵たち四人を慰労するため、岩井が一席もうけたのである。行きつけの菊屋では、お蘭がくつろげまい、と思い、嘉膳にしたのだ。

岩井たちが、仁蔵と山瀬を斬って一月《ひと》の余が過ぎていた。

その後、八丁堀川の路傍に放置された斬殺死体を町方が検屍して仁蔵や山瀬のことを知り、浜乃屋にも探索の手が入った。

離れにはまだ三人の娘が監禁されていたが、町方の手で救い出され、それぞれ親元に返された。

町方は滝園や金森の殺害まで調べなかったようだが、仁蔵とその手下がおゆらとお島を入水に見せかけて殺した科《とが》と、あくどいやり方で娘たちを浜乃屋に連れてきて女郎をさせていた科とで、浜乃屋に残っていた者たちを捕らえた。

もっとも、仁蔵が殺されたことを知った手下はすぐに逃げ散り、残っていたのは下働きの者や女中ばかりだった。吟味しても、たいしたことは分からないだろう。

「お頭、それで滝園さまのことは、どうなりました」

茂蔵が訊いた。

「どうもこうも。滝園は、病死じゃ。……なにせ、滝園は己の病を理由に宿下がりしていたのだからな。病死と届けても、不審をいだく者はいないというわけだ」

岩井は皮肉をこめてそういったが、内実はそう簡単ではなかった。

信明によると、幕閣のなかに、たびかさなる滝園の宿下がりと供についた伊賀者の死などを関連づけて、滝園の不品行を口にする者もいたという。

ところがこうした噂を、金森や滝園から多額の賄賂をもらっていた水野忠成とその一派が必死にもみ消し、信明もまったく取り合わなかったという。

「それでよいのじゃ。いまさら、大奥の不義密通を天下にしらしめて、なんとする。上さまのご威光を疵つけ、われら執政者の無能をさらけだすだけではないか。初めから、こたびの一件は闇に葬るのが、われらの狙いではないか」

信明は口元に笑みを浮かべていった。岩井たち影目付の働きに満足しているようである。

「金森さまと原島さまの、ご処置は」

弥之助が訊いた。

「両家とも病死としてとどけたそうだ。それぞれ、家は嫡男が継ぎそうじゃ。もっとも、栄進する前の禄高らしいがな」

信明たち幕閣も、金森と原島の悪行をあばいて厳しく処断するわけにはいかなかったのであろう。

「これで、一件落着ですか。……旦那、もう一杯、どうぞ」

お蘭がすずやかな声でそういって、銚子を取った。

「おお、すまぬ。お蘭、おまえも飲め」

岩井は杯の酒を飲み干すと、お蘭の杯にもついでやった。

「ところで、山瀬の身内はどうした」

岩井が左近の方に目をむけて訊いた。その後、左近が山瀬の長屋を訪ねたことを耳にしていたのだ。

「長屋に、佳枝という妻女がおりました」

「それで」

「わたしが長屋を訪ねた日に、自害しておりました」

左近はつぶやくような声でいった。その顔に、濃い憂いの翳がはりついていた。

山瀬を斬った二日後、左近は弥之助から聞いた日本橋瀬戸物町の辰兵衛長屋に行ってみた。山瀬が今わの際に口にした、ヨシエという言葉が気になっていたのである。

長屋の腰高障子の前に人だかりがしていた。長屋の住人らしく、女子供も混じっていた。どの顔にも、哀惜の色がある。

「どうしたな」

左近は、粗末の衣装をまとった初老の男に訊いた。

男は左近に不審そうな目をむけたが、

「おれは、山瀬と剣術道場で同門だった者でな。ちかくを通りかかったので、顔を見に寄ったのだ」

左近がもっともらしくそういうと、

「旦那は三日前《めえ》に殺され、今度はご新造さんですよ」

と、男は顔をゆがめて泣きだしそうな顔をしていった。

首を垂れて目頭を押さえている女房や洟《はなみず》をすすっている男を掻き分け、左近は戸口から土間へ進んだ。左近は山瀬の妻女の死に様を見てみたいと思ったのである。

座敷の奥で女がひとり横たわっていた。数人の男たちがうなだれて、その死体に目を落としている。

女は短刀を手にしていた。喉を突いたらしい。上半身を、どす黒い血の海に沈めている。武家の女らしく、こざっぱりした衣装に身をつつみ、両足をしごき帯で縛っていた。

左近がそばに立っていた男に小声で名を訊くと、佳枝ということだった。

山瀬が死に際に口にしたのは、妻女の名だったのだ。山瀬は心の内で、妻女を愛しく思っていたのだろう。死の間際、妻女の顔が脳裏に浮かび、声になったにちがいない。

左近は横たわっている女の横顔を覗いてみた。色白で、目鼻立ちの整った痩せた女だった。眠るように目をとじて死んでいる。

女もまた、山瀬に心を寄せていたのであろう、と左近は思った。

左近は死体に掌を合わせた。

立ったまま瞑目合掌している左近をつつむように、住人たちのすすり泣きと死を悔やむささやきが聞こえてきた。それが、左近の耳に誦経《ずきよう》のようにとどいた。

左近から話を聞いたお蘭が、

「ふたりは、思いを寄せ合っていたんですよ」

と、涙声でいった。

「女もいろいろだな。滝園のように恋慕《いろ》に狂い、われを失う者もいる」

岩井は、そういって杯の酒を飲み干した。

ほろ苦い酒だった。茂蔵や弥之助も重苦しい顔で、酒をかたむけている。

この作品は書き下ろしです。原稿枚数３４８枚（４００字詰め）。

影目《かげめ》付《つけ》仕《し》置帳《おきちょう》

恋慕《いろ》に狂《くる》いしか

鳥《と》羽《ば》亮《りょう》

平成17年6月10日　初版発行
平成20年12月25日　3版発行

発行者——見城徹
発行所——株式会社幻冬舎
〒151-0051東京都渋谷区千駄ヶ谷4-9-7
電話　03(5411)6222(営業)
03(5411)6211(編集)
振替00120-8-767643
印刷・製本—図書印刷株式会社
装丁者——高橋雅之

幻冬舎文庫

ISBN4-344-40663-X　C0193　と-2-9